Marion Brunet

Née dans le Vaucluse, Marion Brunet suit des études de lettres, avant de devenir éducatrice spécialisée en foyer d'accueil pour enfants puis en hôpital de jour pour adolescents. La romancière écrit tour à tour pour les enfants, les adolescents et les adultes. Elle commence sa carrière d'autrice en publiant des livres aux éditions Sarbacane, dont les romans *young adult Frangine* (2013) et *Dans le désordre* (2016). *L'Été circulaire*, aux éditions Albin Michel, remporte le Grand Prix de littérature policière 2018. *Sans foi ni loi* (Pocket Jeunesse, 2018) est acclamé par la critique et récompensé par la Pépite d'or du Salon du livre et de la presse jeunesse de Montreuil. Paraissent ensuite *Vanda* (Albin Michel, 2020), *Plein gris* (Pocket Jeunesse, 2021), *Katja* (éditions In8, 2021), *Des rires de hyènes* (éditions In8, 2022) et *Nos armes* (Albin Michel, 2024). Les deux premiers tomes de sa nouvelle trilogie, *Ilos*, mêlant thriller et dystopie, paraissent en 2024 chez Pocket Jeunesse. La même année, Marion Brunet est nominée pour le Prix commémoratif Astrid-Lindgren, la récompense la plus prestigieuse en littérature jeunesse.
Le passage de l'adolescence à l'âge adulte, que l'autrice décrit avec une justesse rare, est l'un de ses thèmes de prédilection. Ses personnages, inoubliables, en lutte contre la société ou leur environnement, sont de ceux qui marquent le lecteur et dont il garde le souvenir bien après la dernière page tournée.

PLEIN GRIS

MARION BRUNET

PLEIN GRIS

POCKET JEUNESSE
PKJ.

Directeur de collection :
Xavier d'Almeida

ISBN : 978-2-266-33128-9
Dépôt légal : novembre 2024

« C'était la dernière fois, affirma-t-il,
qu'il montait sur un bateau.
Il ne pensait pas si bien dire. »

Gabriel García Márquez
Récit d'un naufragé

UN

Quand le corps apparaît à la surface, inerte, contre la coque du voilier, personne ne crie. Aucun d'entre nous. Comme si ça n'arrivait pas jusqu'à nos consciences. Comme si, en ne réagissant pas, on pouvait annuler la réalité du fait : c'est un cadavre qui remonte. Le cadavre de notre ami, pour être précise. On ne peut pas se tromper, son caban bleu nuit flotte autour de lui comme un rappel du vivant qu'il était plus tôt. L'eau clapote, calme, de chaque côté du voilier, impulsant un petit mouvement contradictoire qui rend le pont mobile. Face au vent, le voilier n'avance plus. Si on tournait les yeux vers l'horizon, on verrait simplement un ciel pâle, troué par un soleil mou qui donne quelques brillances à l'océan. Mais on ne peut pas. On reste accrochés à ce corps qui flotte, ce corps qu'on connaît bien, que je connais encore mieux que tous les autres.

C'est Élise qui réagit en premier.

— Il faut le sortir de l'eau.

Alors, comme si sa voix avait réenclenché un mécanisme coincé, on bouge à nouveau. Sam lance le moteur pour coller l'arrière du bateau au plus près du corps. Victor et Élise ne me regardent pas. Je ne les regarde pas non plus, je les sens, devine leurs mouvements, les identifie en taches de couleur, à leurs voix qui se croisent à présent.

— Va pas si vite, ralentis le moteur.

— Tu le tiens ?

— Aide-moi, il est trop lourd.

Clarence. Je répète son prénom comme une conne. *Clarence, Clarence, Clarence.* Pas trop fort, juste pour entendre le son de ma propre voix. Comme si je le sermonnais d'être allé nager si loin. Comme s'il était vraiment parti nager trop loin, avec son caban sur le dos, toutes ses fringues et ses pompes en prime.

Victor et Sam le hissent sur le plat-bord avec difficulté, ses habits gorgés d'eau l'ont alourdi. Ils sont agenouillés autour de lui, reprennent leur souffle, osent à peine regarder ses yeux fixes et son visage un peu bleu. Élise a collé sa main sur sa bouche et elle hoquette, mais c'est pas du chagrin, je vois bien qu'elle a des petits spasmes de nausée. Du coup, je suis la première à repérer le sang qui coule sous sa tête. Sam s'en rend compte lui aussi, et il tire délicatement le corps de son ami jusqu'à le retourner et découvrir la plaie, à l'arrière de son crâne.

Élise écarquille les yeux sur la nuque rouge et les chairs tuméfiées, se met à vomir par-dessus bord.

Étrangement, la première chose que fait Victor, c'est se précipiter dans le carré. Peut-être pour y trouver de quoi soigner Clarence, en dépit de toute logique. Il y a des gens qui ont besoin de ça, je sais pas, remuer, chercher une solution aux situations qui n'en ont pas. On le laisse faire. On ne bouge pas. Il bouge pour nous tous. Il fait le tour du voilier, on l'entend fouiller à l'intérieur jusque dans les tiroirs sous les banquettes. On devine les meubles malmenés, la rage de Victor à trouver la trousse à pharmacie. Il finit par remonter sur le pont, la trousse à la main, le visage défait par la conscience d'un triomphe absurde. On dirait qu'il s'excuse, avec sa pommette écorchée et ses doigts qui malaxent la trousse, sa bouche tordue. Il a l'air un peu con, ce serait drôle dans une autre situation.

La première fois que j'ai rencontré Victor, c'était dans le hall du cinéma. On allait entrer en terminale. C'est Clarence qui nous l'a présenté. J'ai pensé que ce mec était plutôt beau, légèrement décalé mais pas ridicule. Clarence était tout excité, comme toujours mais encore plus, avec cette étincelle de la trouvaille dans le regard.

— Je vous présente Victor. Il est cool.

Par ces mots, il intronisait le nouveau venu de façon pleine et entière ; Victor n'avait pas l'air de mesurer le privilège que ça représentait. Être accepté par Clarence, intégré à notre petit groupe si fermé, uni dans un même mouvement de rejet envers le reste du monde. Comme si ça ne suffisait pas, il a ajouté :

— C'est mon nouveau frangin.

Avec une tape sur le crâne, un peu humiliante. Le nouveau a relevé la tête, interdit, ne sachant trop comment réagir. Clarence a laissé passer quelques secondes, sourire aux lèvres, regard planté dans celui de l'autre, laissant le malaise s'installer, à peine. Puis, d'un geste théâtral et clanique, il a attrapé Victor par l'épaule et lui a donné une grande accolade. Victor s'est détendu, mais pas complètement.

— Ton père a une nouvelle meuf ? a demandé Sam, comme si Victor n'était pas là.

— Ouais, on dirait bien.

Clarence regardait maintenant Victor avec toute la gentillesse du monde. Celui-ci a émis une sorte de petit rire gêné comme on en pousse quand la sexualité de sa propre mère est évoquée. Du moins j'imagine. Celle de ma mère étant inexistante, je ne me suis jamais retrouvée exposée à ce genre de situation.

Après, je crois qu'on a parlé du film qu'on allait voir, mais je ne sais plus ce que c'était. Ça m'agace de ne pas me le rappeler. Mais je me souviens que Victor semblait à l'aise, il n'en faisait pas trop, nous observait beaucoup, riait aux vannes de Sam.

— Tu vas venir dans notre lycée, alors ? a demandé Élise, à un moment.

Et ça avait l'air de faire plaisir à tout le monde que ce soit le cas.

Aucun d'entre nous n'aurait pu prévoir, ce soir-là, ce qui vient de se passer.

Une bruine s'abat doucement sur l'eau, sur nous. Le bruit des gouttes contre le mât semble démultiplié, la voile faseye sous une brise qui forcit.

— On fait quoi ? lance Élise avec un filet de voix angoissé.

Je ne réponds pas, figée jusqu'au bout des phalanges. Les autres sont dans le même état. Il faut qu'on sorte de l'immobilité – on dirait qu'on attend un signal, que l'un d'entre nous prenne une décision. Le problème, c'est que les décisions, d'habitude, c'est toujours Clarence qui les prend.

DEUX

— Barreuse ou équipière ? m'a demandé Clarence, la première fois qu'on s'est rencontrés.

C'était il y a une vie au moins. On avait onze ans, la semaine qui a précédé la rentrée en sixième – c'est l'année où mes parents ont divorcé, alors je ne peux pas oublier.

J'ai haussé les épaules, je m'en fichais, je pouvais faire les deux vu que je navigue depuis que je sais marcher. Comme il semblait hésiter, je l'ai aidé :

— Tu montes au trapèze ?

Son visage s'est illuminé sous sa mèche brune. Le moniteur est passé près de nous. Il a vérifié les drisses en tirant légèrement dessus, puis m'a lancé un regard approbateur.

— Tu navigues avec Clarence aujourd'hui, Emma ?

J'ai souri et bougé le menton pour dire oui – pas très bavarde, déjà à l'époque.

Après, je me souviens qu'on a pris la mer sans hésitation, malgré un vent brouillon et sifflant qui poussait le bateau à la gîte jusqu'à la limite du dessalage pour basculer soudain nord-est et nous déséquilibrer complètement. Clarence montait au trapèze avec une joie communicative : ses pieds écartés sur le banc du dériveur, tout son corps déployé au-dessus de l'eau, tendu dans le harnais. Très vite, je jouais, par à-coups de gouvernail, à le déstabiliser, pour voir. Il avait un sourire carnassier, le visage baigné d'eau salée – quand le bateau s'élevait sur une vague pour retomber, une giclée d'embruns l'arrosait largement. Il grimaçait pour me faire rire lorsque je déstabilisais le bateau, repliait ses genoux et, accroché dans le hauban, me montrait qu'il ne risquait pas de tomber, quoi que je fasse. J'éclatais de rire à chaque fois. On s'était trouvés et, depuis ce jour-là, Clarence et moi avons toujours fait équipe à bord du 420. De l'arrière du bateau où je bordais la voile au maximum pour remonter au vent, je voyais mon copain Sam un peu plus loin dans la baie : Sam allait au club de voile lui aussi, mais il a mis du temps à grandir, alors il naviguait encore sur Optimist quand j'ai rencontré Clarence.

Je connaissais Sam depuis l'école primaire. On avait été dans la même classe dès le CP, et ses parents bossaient avec ma mère, ils s'entendaient bien – pas au point de passer des week-ends ensemble, mais suffisamment pour échanger à la sortie de l'école et accepter de déposer l'un à l'anniversaire de l'autre. On jouait pas mal tous les deux, partageant une passion commune en CE2 pour les escargots. On leur construisait des cabanes et des circuits en feuilles et bâtonnets. Sam était doux et se défendait mal : j'avais dû cogner quelques imprudents qui s'étaient moqués de sa peau laiteuse, étoilée de taches de son. De sa tignasse orange qui prenait des reflets cuivrés dans la lumière. Heureusement pour Sam, Ronald Weasley, le meilleur ami d'Harry Potter, avait fait son apparition à l'âge où tous les gosses avaient découvert les aventures du sorcier balafré – ça l'avait sauvé, en quelque sorte.

Un vernis qui rejaillissait sur lui. De sa douceur, Sam avait peu à peu camouflé les contours. Il cachait sa tendresse sous un humour redoutable et une capacité d'autodérision remarquable pour son âge. Moi-même, j'en étais bien incapable, anxieuse de plaire et de paraître, et surtout de faire croire que ça n'avait pas d'importance.

Ce jour-là, alors que le cours était fini et que la marée descendante nous obligeait à remonter les bateaux sur les remorques, Sam nous a rejoints. Les Optimist restaient attachés les uns aux autres au milieu de la baie, et Sam s'est arc-bouté sur le plat-bord pour nous aider à tirer le dériveur le plus haut possible sur la plage. Sur le sable mouillé, emportés par l'élan, nous étions rapides, mais lorsque les roues rencontraient le sable sec, il fallait être quatre ou cinq pour hisser les coques là où la prochaine marée ne les atteindrait pas.

Les boucles de Clarence, humides et brillantes, lui couvraient la moitié du visage. Sa nuque et ses épaules, tendues par l'effort, me semblaient promises à un bel avenir, du genre à ressembler aux skippers sur papier glacé qui décoraient la cabane des moniteurs, à l'entrée de la baie. Peut-être à cause du gilet de sauvetage qui épaississait nos carrures, comme les tenues de football américain.

Nous étions si petits encore, y repenser me brise.

Quand on a stoppé l'avancée de la remorque et que le 420 a été débarqué dans le sable, j'ai remercié Sam pour son aide.

— Je peux continuer avec vous, a-t-il proposé.

Clarence et lui se sont tournés autour, l'air de rien, le temps de dégréer le bateau. On a roulé la voile à trois et j'ai fait les présentations.

— Tu fais de l'Optimist ? a demandé Clarence. Pourquoi pas du 420 ?

Par sa question, il autorisait Sam à nous rejoindre, le poussait à se considérer capable, malgré sa taille encore petite et ses muscles d'enfant. Un cadeau inestimable. Nous avions tous le même âge. Dès lors, fini la caisse à savon jaune canari et la voile carrée unique. Sam allait nous rejoindre et on allait se mesurer à présent sur des bateaux effilés qui répondaient à une complexe organisation de drisses et de nœuds, à l'équilibre délicat, qui pouvaient nous offrir des sensations de vitesse délicieuses. Après sa suggestion, Clarence nous a dit d'un ton très solennel qu'il était heureux de nous connaître.

— La semaine prochaine, je rentre en sixième au collège Gallieni.

— Nous aussi, a répondu Sam, la voix joyeuse dérapant dans les aigus.

Son visage baignait dans la félicité.

J'ai ouvert mon sac et on a partagé mes petits-suisses, qu'on a mangés avec nos doigts salés, sablés aussi. Nos K-way trop grands descendaient sur nos mains et sous nos fesses. Dessous, les mailles serrées de nos pulls marins nous gardaient au chaud, même mouillés. Nos jambes nues, comme nos maillots, séchaient lentement sous la brise. Je me souviens d'avoir ri, aussi heureuse que Sam, et de la bruine qui nous a chassés de la plage.

Le jour de la rentrée, on a découvert qu'on était tous les trois dans la même classe. Dès la première heure, je me suis assise à côté de Clarence, et Sam, devant nous, s'est retrouvé à côté d'Élise, qu'on ne connaissait pas encore. Ses cheveux châtains dont les boucles serrées tire-bouchonnaient en anglaises m'ont immédiatement fascinée. Elle avait l'air en colère un peu tout le temps, mais c'était sa façon à elle d'affronter la nouveauté et les changements, et de ce côté-là, elle avait été servie. Élise vivait chez ses grands-parents, après des années de déménagements. Elle avait connu un paquet de villes, et sa petite enfance, elle l'avait passée en Afrique, au Mali je crois. C'est d'ailleurs là-bas que ses parents étaient repartis, la laissant chez ses grands-parents après qu'elle avait réclamé de vivre en France, à coups d'anorexie et de crises mutiques. En Bretagne plus exactement, unique point de repère où elle passait toutes ses vacances depuis sa naissance. Je n'ai jamais vraiment su ce que faisaient ses parents, mais Élise nous avait confié être extrêmement soulagée de poser ses valises sans risquer de les refaire six mois plus tard. Si ses parents lui manquaient, elle ne le disait jamais. Je savais qu'elle leur parlait souvent grâce à Skype, et elle entretenait avec sa mère une étrange relation faite de reproches et de déclarations d'amour lointaines. J'ai longtemps trouvé ça palpitant parce que avec ma mère j'avais une relation sans conflits mais sans complicité, une relation que je jugeais pâle, sans intérêt. Il me semblait que la puissance de l'amour se cachait forcément derrière l'intensité du conflit. Que les échanges tièdes avec ma mère disaient une mollesse émotionnelle, un manque de vie intérieure.

— N'importe quoi. T'es à côté de la plaque, m'a craché Élise quand j'ai essayé de lui expliquer.

— Je sais pas. Ma mère, c'est le royaume du vide.

J'espérais, je crois, la toucher et peut-être aussi réparer cette sensation de honte qui m'avait giflée dans son exclamation sans appel.

— T'as une chance folle d'avoir ta mère avec toi, elle a choisi de te voir grandir tous les jours.

Je n'étais pas convaincue. Est-ce que ça valait beaucoup, un choix qui est un non-choix, un sacrifice sans bouleversement ? Même le divorce de mes parents s'était passé sans heurt. Juste de la tristesse, un fatalisme sans grandeur, des larmes sans cri. J'aspirais à la passion, et j'avais beaucoup de mal à accepter les arrangements, du moins je le pensais. Ma mère traînait à présent une dépression ordinaire de femme seule, licenciée de l'amour. Elle me regardait vivre comme si elle était déjà morte, s'attendrissait de mes changements avec les yeux de ceux qui n'ont plus droit à la vie. Je lui en voulais pour ça, incapable d'évaluer ma chance, de peser ses fragilités.

Élise, dès la première récréation, s'est greffée à nous. Elle était drôle, parodiant le prof de maths avec talent. Avant de rire, Sam et moi on a observé Clarence, je m'en souviens très bien. Et comme celui-ci offrait son plus beau sourire à Élise, on s'est autorisés à la trouver drôle.

C'est difficile, des années après, de savoir exactement ce qui nous a poussés les uns vers les autres, de quoi étaient faites notre unité, nos évidences. Nos familles bancales qu'on espérait tous fuir ? Le besoin de fusionner, peut-être, une manière d'être plus forts face au monde, je n'en sais rien. Mais à l'âge où les amitiés sont souvent fugaces et opportunistes, on formait un quatuor étonnant, inséparable. Et parfois, on se déclinait en duo sans que ça empiète sur l'équilibre du groupe. Comme en musique, exactement. Clarence était le chef d'orchestre incontesté. Mais c'était pas la musique, notre point d'absolu, c'était la voile – l'océan, et la meilleure façon de prendre le vent.

Quelques semaines après la rentrée au collège, on s'est tous retrouvés au club nautique. Même si Élise débutait, elle s'est très vite sentie aussi à l'aise que nous sur l'eau. Faut dire que ses grands-parents avaient un voilier alors, même si c'était pas pareil que d'être à la manœuvre sur un petit dériveur, elle connaissait les vents et les principes, le vocabulaire et les paquets d'embruns dans la figure. Ça lui faisait pas peur.

Dans certaines régions, faire de la voile est un marqueur social. Comme l'équitation ou le golf. Mais chez nous, c'était différent. Il n'y avait pas que des enfants de riches au club de voile. Et chaque année, on avait des sessions de dériveur ou de catamaran à la place du volley ou du basket sur nos heures de sport. J'imagine que c'est pareil avec le ski dans les régions montagneuses. Ici, le plus gros de l'activité était lié à la mer, y compris l'activité professionnelle. Ma mère bossait à la conserverie, comme les parents de Sam. Et mon arrière-grand-père était terre-neuvas – sa photo calée sur le miroir de l'entrée me le rappelle quotidiennement. Vareuse, chapeau ridicule, moustache triste et fournie, son regard à gros grain sur papier mat vient dire à quel point il était fier et à quel point il en chiait, de ces mois en mer à traquer la morue. Tout ça, c'était une longue histoire de famille, comme me l'avait raconté mon grand-père.

Dès qu'on avait du temps libre, on filait au club, et pendant les vacances, ni mon père ni ma mère ne me voyaient beaucoup. Les équipes se sont cimentées immédiatement : Élise et Sam, Clarence et moi.

Naviguer avec Clarence, c'était exceptionnel. Pas uniquement parce qu'il était doué – je l'étais aussi –, mais parce que nos actions à bord étaient coordonnées et évidentes, au point de faire corps avec le dériveur. Pousser les limites du bateau ne nous faisait pas peur. Souvent, le moniteur nous engueulait gentiment, faussement effrayé, nous demandait de calmer le jeu, affirmait qu'on allait finir par chavirer. Sam et Élise étaient bons aussi, mais plus prudents.

Depuis le début, j'ai su. Depuis qu'on s'était retrouvés en mer tous les deux, sur ce dériveur de club dont la bôme branlante menaçait de nous assommer à chaque fois qu'on virait de bord. Clarence était lumineux, et rester près de lui m'offrait de la lumière. Qu'il décide pour nous tous, que sa voix porte toujours plus que la nôtre ne me dérangeait pas, à l'époque. À mes yeux, il avait plus de puissance, plus de talent, et le côtoyer me donnait toute l'importance que je n'avais encore jamais eue. Clarence, au sortir de l'enfance, avait un pouvoir dont aucun de nous n'avait conscience, le pouvoir joyeux et trompeur de nous rendre plus beaux qu'on ne l'était, de se rendre meilleur qu'il ne l'était. Il suffisait qu'il te regarde avec intensité, acquiesce à une de tes réflexions, se marre à une de tes vannes, et tu étais le roi du monde. Je n'étais pas la seule. Mais, persuadée d'avoir un statut à part, je rayonnais plus que tout le monde sous son amitié.

TROIS

Rester près de Clarence est insupportable, et la pluie se fait insistante, plus épaisse. Aucun d'entre nous n'a jamais vu un cadavre. Un par un, sans se consulter, on descend dans le carré pour y prendre place, comme pour une partie de tarot. Mais le tarot d'hier appartient à un passé lointain, inconcevable. La mort de Clarence nous laisse interdits, la mort de Clarence brouille tout. Arrêt sur image et le vide après, comme la bobine d'un film qui claque lorsque le projecteur continue de tourner. Ce qui nous arrive est incompréhensible pour l'instant, et personne n'est en mesure de rembobiner. On se regarde. Quatre regards sidérés qui se croisent au-dessus de la table en bois blanc. Sam et Élise sont assis sur la banquette, leurs mains s'étreignent sur leurs genoux. Victor et moi sommes assis en face, sur le banc, nos dos plus ronds sans dossier, coudes plantés, poings aux tempes. Quelques secondes de silence gris et je me lève, ouvre le placard sous l'évier pour en sortir la bouteille de Talisker, celle que les grands-parents d'Élise y ont laissée. Peut-être qu'ils ont pensé qu'on ne la boirait pas, ou bien ils l'ont oubliée, tout simplement. Victor, répondant à mon idée, se saisit de quatre verres dans le placard.

Il n'a même pas besoin de se lever : dans un bateau, tout est ramené à des proportions minimales. Le voilier des grands-parents d'Élise est un 12 mètres. Deux couchettes doubles à l'avant du bateau, deux couchages simples dans le carré, lorsque la table est repliée. Pas de place pour l'à-peu-près ou le bordel qu'on serait tentés de laisser traîner. Sans compter qu'au moindre coup de vent, tout ce qui n'est pas tenu ou attaché se brise ou s'envole. Je tiens la bouteille de whisky à deux mains, fermement. C'est la seule façon de ne pas trembler. Je verse de généreuses portions. Élise place sa paume sur le verre pour signifier qu'elle n'en veut pas, mais quand je croise son regard écarquillé et trouble, je me permets d'insister. Elle retire sa main, baisse le menton dans un abandon qui, sans être reconnaissant, semble confiant.

— Qu'est-ce qu'on fait ? attaque Sam, avant même de boire. On est trop loin des côtes pour utiliser nos portables…

Personne ne lui répond, chacun porte le verre à ses lèvres. On attend tous que l'un de nous prenne une décision, se décide à parler. Malgré la situation, ou peut-être grâce à elle, la violence du single malt envahit ma bouche comme une punition. D'habitude, on ne boit pas du si bon whisky. On se cotise pour du Johnnie Walker ou du Label 5 qu'on boit avec du Coca. Le but étant d'être bourré, d'expérimenter le tournis et les rigolades qui vont avec, d'en tester les limites, d'apprendre à les connaître – pour les dépasser, quelquefois. C'est drôle comme certaines pensées nous traversent dans les moments les moins adaptés. En laissant le whisky me labourer les sens – langue, palais, gorge, nez –, je sais que désormais le Talisker me ramènera éternellement à ce moment précis, cet instant d'effarement, cette montée en force d'une réalité encore inaudible : Clarence est mort.

— On fait demi-tour ? propose Victor.

Ça n'a aucun sens : on est sans doute plus proches des côtes françaises que des autres. Je crois qu'on a passé l'Angleterre, et l'Irlande est déjà loin derrière nous.

— On est beaucoup trop loin.

Le vent s'est levé à présent, on entend gémir le mât et claquer les premières vagues contre la coque. Il faudrait remonter sur le pont et reprendre l'allure, tendre les voiles et tenir le cap. Mais on est incapables de bouger. Et puis remonter sur le pont signifie affronter le cadavre, je suis sûre qu'on y pense tous les quatre. Élise boit une longue gorgée de whisky sans frémir et relève la tête.

— On appelle les secours.

— Pour quoi faire ?

— Faut prévenir son père.

Personne ne réagit. Disons qu'on acquiesce tous, hochant la tête, mais pas un ne se jette sur la radio pour donner notre position à la capitainerie. Parce que aucun de nous ne veut dire à haute voix les mots qui rendront réelle la mort de Clarence. Ou parce qu'on est tellement loin et qu'il faudra de toute façon plusieurs heures avant qu'une navette de secours vienne nous remorquer. Comme des gosses incapables. Comme des gosses incapables qui ont fait une très très grosse bêtise – laisser mourir l'un d'entre eux. Je ne peux pas m'empêcher de trouver ça dingue : Clarence, la nuque brisée sur le pont, et nous dans le silence du carré, abasourdis, déchirés. En quelques secondes, tout a basculé. Je les regarde un par un, frontalement : Sam, Victor, Élise. Chacun détourne les yeux, ou les plonge dans son verre.

— Il faut surtout qu'on se remette à la manœuvre et qu'on rentre.

— Pas seulement, Sam. Sa famille doit être prévenue.

Je réalise que je respire de plus en plus difficilement, alors que je n'ai plus fait de crise d'angoisse depuis mes sept ans. Pour l'instant, personne ne s'en rend compte, Élise fixe Sam qui, lui, regarde Victor avec insistance. Je ne sais pas s'il considère que c'est à lui de prévenir le père de Clarence, ou s'il le tient pour responsable de la situation. La sensation d'étouffement s'amplifie, je me mets à aspirer l'air sans parvenir à remplir mes poumons, alors tous me regardent enfin. Ça fait un mal de chien, l'impression que je vais crever. Victor entoure mes épaules. Je sens la force dans son bras, et l'inquiétude aussi. Entre puissance et crispation, je choisis de prendre l'onde de chaleur qu'il tente de me refiler.

— Ça va aller, Emma, calme-toi. On est là. Respire lentement.

Élise me tend un sachet en papier qui traînait sur l'évier et m'aide à le positionner sur mon visage. Je m'étouffe à moitié puis ma respiration devient plus claire, je sens mon cœur ralentir doucement jusqu'à battre à un rythme presque normal. Victor n'a pas retiré son bras, il frotte mon dos de la largeur de sa main, et ce contact me fait du bien, m'empêche de couler. J'ai envie de me laisser aller contre lui, j'envie les gestes doux et naturels que Sam et Élise échangent, tendresses rassurantes dans ce moment d'angoisse pure. Le sourire de Victor est un peu désolé, son visage illisible depuis qu'on a remonté Clarence.

— On appelle la capitainerie et on rentre. Avec le vent qui se lève, on devrait même pas avoir besoin du moteur.

— S'ils viennent à notre rencontre, c'est encore mieux, je lâche entre deux respirations chaotiques.

Tout le monde a l'air d'accord, personne n'a oublié l'avis de tempête qu'annonçait la météo irlandaise. On est loin, mais tout de même.

C'est finalement Sam qui se lève et se dirige vers la tablette en bois où s'empilent cartes et instruments de bord. Il tente un premier appel, se tourne vers nous pour connaître notre position exacte, savoir quoi dire précisément aux secouristes. La radio crache et sature l'habitacle de larsens désagréables. On passe d'un canal à un autre avant de choper la bonne liaison. Mais quand Sam y parvient, il n'a pas le temps d'expliquer quoi que ce soit. La voix masculine, tendue et à la limite du cri, est sans appel :

— Rentrez immédiatement. Je répète : si vous êtes encore en mer, rentrez *immédiatement*. Une tempête de force 10, montant jusqu'à 12 au large, est à l'approche. Quelle est votre position ?

Sam se décompose, nous aussi.

Je suis la première à grimper les marches vers le pont pour évaluer l'état du ciel. Élise me suit. J'entends Sam balbutier nos coordonnées, Victor saisir la radio pour parler à sa place, le timbre plus assuré, grave et tendu. Élise reste près de moi, s'agrippe à mon bras.

— Putain, ça marche pas, c'est l'enfer !

Alors qu'Élise panique, je sens que je respire mieux. Malgré ce qui nous attend, malgré le corps de Clarence, j'arrive enfin à remplir mes poumons.

À l'horizon, une barre sépare ciel et océan. C'est gris suie, épais comme un incendie de pétrole, et ça se rapproche. Les voiles se gonflent dans le plus grand désordre, giflant le mât avec de grands cliquetis de poulies et de manilles. Le corps de Clarence n'a pas bougé.

Quand Sam nous rejoint, on se met tous les trois à la manœuvre, essayant de l'ignorer. Je m'installe à la barre, Sam et Élise bordent les voiles dès que j'ai fixé le cap. J'ai encore l'espoir qu'on aille plus vite que la chose qui nous arrive dessus, d'autant que la pluie s'est clairsemée – et en effet, sous la poussée du vent, le voilier se lance à pleine allure. Je hurle par-dessus les rafales pour indiquer à Élise qu'il faut ouvrir la voile, que nous gîtons trop fort. Le bateau file et je me retourne sans cesse pour vérifier l'avancée de la masse noire. Élise donne du lest et le bateau reprend un équilibre plus rassurant. Elle revient vers moi en titubant sous le vent et, agrippée des deux mains aux manches de mon ciré et la voix tendue, me souffle à l'oreille :

— Je veux pas rester ici.

Je la repousse aux épaules pour la regarder bien en face, je ne comprends pas de quoi elle parle.

— Comment ça ?

— J'ai la trouille, Emma. Ce qu'il s'est passé, Clarence… je veux rentrer.

— C'est ce qu'on essaie de faire.

Ma voix est restée faible, je me reprends, plus ferme :

— C'est *exactement* ce qu'on est en train de faire.

QUATRE

La première fois que les grands-parents d'Élise nous ont laissés naviguer sur *Le Céladon*, c'était un dimanche de mai. Il faisait tellement beau que c'était impossible de résister à nos arguments. Une brise parfaite, tout en longueur, sans à-coups ni méchanceté. Une mer à peine agitée – au large seulement. Les grands-parents avaient craqué. Faut dire qu'on leur faisait les yeux doux depuis plusieurs années, les uns après les autres, annonçant nos victoires en régate avec toujours la même idée derrière la tête : prendre la mer, seuls maîtres à bord et tous les quatre ensemble.

On avait fait notre entrée au lycée depuis plusieurs mois, vérifié que, même dans la cour des grands, on était solides et toujours unis. Une chose importante, qu'on avait comprise assez vite : il ne suffisait pas d'être de bons navigateurs, il nous fallait exceller au lycée. Remplis de la certitude d'être hors du lot, il fallait qu'on se déclasse pour briller plus fort. « Apprenez que tout ce qui se classe empeste la mort. Il faut se déclasser, Tirésias, sortir du rang. Un déclassé, voilà ce qui étonne et ce qui règne », déclarait Œdipe par la voix de Cocteau et du prof de français. On avait fait nôtre cette citation qui nous faisait frissonner, en pensant la comprendre. On l'avait copiée dans nos agendas, gravée en nous comme une vérité absolue écrite pour nous. J'y repense aujourd'hui, et je sais que cette phrase était la vérité de Clarence, et dès lors, la nôtre. Être différents, être mieux. On regardait le reste du monde comme si on détenait une vérité que personne d'autre ne touchait du doigt. Je ne suis même pas sûre qu'on ait été vraiment prétentieux. Et on n'était jamais hostiles. C'était bien pire que ça : les autres n'existaient pas.

À l'époque où on était encore trop jeunes pour emprunter *Le Céladon* et lui faire prendre la mer, on passait un paquet de soirées dans son ventre ou sur le pont, à quai. Ce voilier était notre cabane, notre cave aménagée, et une promesse. Avant même de naviguer, le carré n'avait aucun secret pour nous. Chacun d'entre nous, l'un après l'autre, s'était cogné la tête à l'angle droit de la descente, le genou à la table trop basse pour que nos jambes soient vraiment à l'aise. On avait tous trébuché sur les encadrements de bois qu'il fallait enjamber pour passer d'un espace à l'autre. Cette connaissance du voilier nous a vite donné l'impression qu'il nous appartenait. Qui peut se prévaloir d'un endroit à soi, à l'âge où vivre dans la maison de ses parents n'est pas une option ? On mesurait notre chance, persuadés de la mériter.

Ce jour de mai, les épaules de Clarence et celles de Sam, nos corps déliés, musclés par les régates et l'entraînement, hurlaient au monde que les choses avaient changé, et que nos statuts devaient changer aussi. Ma mère ne pouvait plus passer sa main dans mes cheveux sans que, d'un mouvement irrité, je lui échappe. Ses conseils me semblaient ridicules, des paroles de vieux. Je fuyais la maison dès que possible, passais voir mon père en coup de vent. Il avait rajeuni dans un appartement du centre-ville et je trouvais ça pathétique. Ça me touchait bien sûr, et durcir mon regard me protégeait de la mesquinerie, c'est ce que je croyais. Les autres, comme moi – mais peut-être que je me trompe –, entretenaient eux aussi une certaine distance avec leur famille. Le groupe faisait office de Tout. Et Clarence était notre soleil.

Le grand-père d'Élise avait fini par regarder sa femme avec un sourire fatigué. Elle avait acquiescé en silence, ces deux-là se parlaient des yeux. On savait que c'était bon, mais on a retenu nos hurlements avant d'être sûrs et certains qu'ils ne changeraient pas d'avis.

De l'appontement, ils ont observé notre départ. Ils n'étaient pas inquiets mais scrutateurs critiques. Sa femme et lui naviguaient depuis plusieurs années sur ce 12 mètres qui leur échappait irrémédiablement. On voyait bien dans leur sourire que ce n'était pas seulement nous qu'ils regardaient partir, mais un bout d'eux-mêmes. Ils continueraient de naviguer bien sûr, pourtant rien ne serait plus pareil. Je ne sais pas si les autres s'en sont rendu compte, moi oui. Je suis capable de voir pas mal de choses quand il ne s'agit pas de moi.

Ce jour-là reste dans ma tête comme le plus beau jour de nos vies. Ça fait con, dit comme ça, mais c'est vrai. L'appréhension se mêlait à l'euphorie, et s'il m'en reste un souvenir aussi lumineux, ce n'est pas parce que j'embellis les événements, mais parce que je crois simplement que c'est le dernier moment de joie pure que nous vivions tous les quatre ensemble. Disons qu'avec le recul, je crois me souvenir que rien, ce jour-là, ne semblait pouvoir nous atteindre. C'était quelques semaines à peine avant notre rencontre avec Victor.

Victor jaillit du carré, le visage décomposé. Il jette sur le pont nos gilets de sauvetage et nos harnais. Lui-même a déjà enfilé le sien.

— Mettez ça. On est trop loin.

— C'est-à-dire ? s'affole Sam.

— On n'y coupera pas, à la tempête. On sera jamais rentrés avant qu'elle arrive. La capitainerie a envoyé les deux navettes de secours en mer, si j'ai bien compris, ils sont en train de récupérer un voilier de débutants et un groupe de gamins sur Hobie Cat. Après ça, même eux, ils pourront plus affronter la tempête qui vient, et surtout pas aussi loin des côtes.

Il nous regarde un par un d'un air sombre et ajoute, dramatique et réaliste en même temps :

— Dans moins d'une heure, elle sera sur nous.

CINQ

Même les profs nous aimaient bien. Je me souviens de celui qui nous enseignait la civilisation grecque : il avait laissé Clarence déblatérer au-delà de la sonnerie sur les dieux et l'interprétation de leurs actes. Le prof avait ce petit sourire en coin qu'ils ont toujours pour les élèves brillants et décalés, ceux qui dédaignent les lectures imposées pour proposer à la place Wilde, Homère ou Steinbeck. Ce mélange de lumière dans l'œil, d'attendrissement et d'admiration. Un déclassé, oui. Clarence avait compris ça. Malgré les trafics de son père et les fins de mois douloureuses, Clarence se comportait comme un prince. Et je me prenais, en l'écoutant parler des subtiles feintes de Zeus pour séduire Danaé, à m'imaginer sous une pluie d'or, conquise.

On a toujours bossé dur pour ne pas devenir comme nos parents. Mais là où certains voyaient leur avenir en direction des terres, par une diagonale du vide vers la capitale, nous on s'imaginait plutôt passer par voie de mer. L'ailleurs commençait là, sur la plage, dans les rochers, face au va-et-vient lunaire qui pousse les coefficients à lécher le granit de nos maisons. Pour moi, il était essentiel de revenir. J'aime profondément ce bout de côte où j'ai grandi. J'en saisis les limites, mais je sais aussi que j'y reviendrai toujours.

Les profs nous aimaient bien, et Clarence encore plus que les autres. Je suppose qu'il devait ça à son magnétisme provocant et à sa situation. S'il parlait peu de son père – qui passait beaucoup de temps à Rennes, et le laissait seul dans l'appartement familial –, il refusait d'évoquer sa mère, morte quand il était petit. Trop jeune pour en garder le moindre souvenir, il m'avait dit une fois. Tout ce qu'on savait d'elle, c'est qu'elle avait choisi son prénom lumineux, espérant peut-être, justement, brouiller les pistes avec un nom de la haute. Et aussi qu'elle s'était encastrée dans un arbre alors que son père, qui conduisait, s'en était sorti vivant. Comme Clarence, endormi dans son maxi-cosy sur la banquette arrière. Tout le monde connaissait cette histoire au village, et les gens n'aimaient pas le père de Clarence, surtout ceux qui avaient côtoyé sa mère. La mienne était de ceux-là, mais n'avait jamais voulu m'en dire le moindre mot. Le jour où je suis rentrée de la plage en lui parlant de mon nouvel équipier, elle a juste pincé les lèvres, battu quatre fois des paupières comme une actrice de la Nouvelle Vague et poussé un soupir par le nez.

— J'espère qu'il n'est pas comme son père.

C'est tout ce que j'ai pu en tirer.

Ma mère a toujours l'air au bord des larmes. Ça ne date pas du divorce. Même furax, il y a la possibilité d'une larme qui affleure et menace d'éclore. Ça peut être charmant j'imagine, mais je ne supporte pas. Et je refuse le risque de lui ressembler un jour. Je travaille depuis longtemps à paraître plus dure que je ne suis, préférant que les larmes coulent à l'intérieur, plutôt que d'offrir un visage de chaton mouillé au monde.

C'est pas évident, en vrai c'est exactement comme ça que je me sens quand quelque chose foire ou m'émeut. Mais les chatons mouillés ne prennent pas la mer. Les chatons mouillés n'affrontent pas les vagues. Les chatons mouillés se noient.

Ma mère avait connu celle de Clarence, mais je n'ai jamais pu en savoir plus venant d'elle. Mon père m'a dit un jour qu'elles avaient bossé ensemble à la conserverie. Elles n'étaient pas particulièrement amies, mais vider les poissons sur une table commune, ça crée des liens. Se lever à cinq heures du matin, patauger dans le sang, plonger les mains dans la glace malgré le froid qui s'immisce dans les petites coupures, brûle les phalanges jusqu'à les empêcher de plier. Partager la même odeur qui ne quitte jamais la peau, même après la douche. Peut-être que la mère de Clarence avait elle aussi ce petit geste du poignet qui vient effleurer les narines, pour vérifier si l'odeur de poisson mort est toujours là ou si le gel douche fleuri en est venu à bout. Jamais je ne travaillerai à la conserverie, je me le suis promis il y a longtemps. Parce que je dois bien reconnaître que ma mère, même pénible et les yeux mouillés, se lève chaque matin pour faire le boulot le plus pourri que je puisse imaginer – sauf pêcheur, peut-être. L'ancien boulot de mon père.

Les profs nous aimaient bien parce qu'ils pensaient peut-être, grâce à nous, pouvoir oublier que malgré leurs cours et quelle que soit la passion qu'ils y mettaient, les enfants de pêcheurs devenaient pêcheurs à leur tour. Surtout ici, dans notre petite ville – ou gros village, je ne sais pas quelle est l'appellation la plus juste, il me manque la perspective, des éléments de comparaison. Mais puisqu'on avait un cinéma, je crois qu'on peut parler de ville.

Le cinéma ! Voilà notre autre cave, le lieu où on passait le plus de temps lorsqu'on n'était pas en train de naviguer. Je ne sais pas lequel, en premier, a entraîné les autres. Il me semble que c'est Clarence. Bien sûr, j'ai tendance à lui attribuer toutes nos actions, nos volontés. Et une longueur d'avance. Mais c'est Élise qui payait nos places, la seule à bénéficier des largesses familiales – gérées par ses grands-parents, qui avaient sans doute à cœur de compenser comme ils pouvaient l'absence de ses parents. Cet abandon parental rendait sa richesse moins ostentatoire, enviable. Nouveaux *blockbusters*, rétrospectives, romances, horreur, on a tout vu de ce que le cinéma nous offrait. L'ironie, c'est qu'on a toujours eu une prédilection pour les films catastrophes et les histoires sordides. On est allés voir trois fois d'affilée ce film où des types coincés dans la neige après un crash d'avion ont bouffé leurs copains morts. Ça nous fascinait, cette histoire, et on se demandait si on serait capables de le faire ou pas. Dans un genre différent, on avait vu *Petits meurtres entre amis*, un film dans lequel des potes se débarrassent d'un corps pour récupérer une valise pleine de fric. On se demandait en riant qui aurait le courage de découper un cadavre à la scie. Et ce que nous ferions avec autant d'argent.

Entre le club et nos régates, le cinéma et nos virées en voilier, on se sentait loin des autres, les grouillants du lycée Paul-Valéry. Et le regard de Clarence valait tous les isolements. Si tu proposais une toile et que le choix du film satisfaisait Clarence, il avait cette façon de te regarder avec des yeux, un regard qui venait dire que tu étais unique, d'une intelligence rare, et qu'il avait de la chance de t'avoir pour ami. Au fond, ça venait surtout dire qu'on avait de la chance d'avoir su lui plaire. Et c'était un merveilleux cadeau. Je crois que Sam et Élise seraient d'accord avec moi, mais il est évident que pour moi c'était pire. Je crois que j'ai toujours été amoureuse de Clarence. C'est un sentiment qui est venu si tôt et avec lequel j'ai dû vivre si longtemps que je n'ai jamais pu le comparer à quoi que ce soit d'autre. Certainement pas à ce qu'éprouvaient mes parents l'un pour l'autre, avant de divorcer. Leur amour était fait de renoncements et de vague respect. La seule chose qui m'est apparue clairement après leur séparation, c'est qu'ils s'étaient aimés l'un l'autre bien plus qu'ils ne s'aimaient eux-mêmes. Mais ça ne suffisait pas à incarner l'amour, pour moi. Non, ce que j'éprouvais pour Clarence n'a pas vraiment de nom ni de comparaison possible. Même pas à ce que partageaient Sam et Élise.

SIX

— Affale le spi ! je crie à Victor.

Il sait à peine de quoi je parle.

— La voile de devant ?

Des grains, on en a tous connu. Sauf Victor, qui n'est pas un navigateur. Sam, Élise et moi, on a déjà eu affaire au mauvais temps. À des situations flippantes, très désagréables. Mais ça… ça, non. Pas la peine de se mentir. La tempête se lève un peu plus fort, elle arrive au loin comme une barre de métal qui se déroule de plus en plus haut. C'est comme être poursuivi par un monstre et sentir ses pas englués. Pourtant le bateau file, mais pas assez vite. Sous la coque, les creux se forment. C'est encore supportable, on peut toujours fixer l'horizon malgré la houle. Jusqu'à quand ?

Victor s'efforce de ne pas montrer son effarement, mais son regard cherche le nôtre pour savoir ce qu'il doit faire. Élise l'aide à tirer vers eux la voile triangulaire qui bat lamentablement depuis que nous avons changé d'allure et que le vent vient de travers. Ficelés dans nos gilets, harnais fixés par-dessus, nos visages crispés. Je lis mon expression dans celle des autres : la peur rentrée, tous nos corps et nos cerveaux en lutte pour gérer au mieux la situation. Au fond, on n'a pas le choix.

Pas le temps d'anticiper les conséquences, juste parer au plus urgent, faire les gestes qu'on connaît, qui pourront nous faire sortir d'ici en vie, sauf Clarence. Clarence. J'aimerais qu'il soit encore avec nous pour affronter la tempête qui nous fonce dessus. La question de sa mort reste en suspens mais passe au second plan. C'est fou comme la perspective change selon l'endroit d'où tu te tiens. À présent, il s'agit d'échapper à une tempête comme aucun d'entre nous n'en a jamais connue. Je ne peux pas m'empêcher de penser à mon père et aux journées de pêche par tous les temps, ces moments d'angoisse où ma mère triturait son téléphone lorsque le bateau sur lequel il bossait ne se décidait pas à rentrer. Et je pense à mon arrière-grand-père aussi, à mon grand-père et son moignon rougi – et leur histoire, qui fait partie de la mienne, me tient debout et me force au courage, debout jambes écartées, les mains accrochées à la barre.

Élise rassemble ses cheveux, ses milliers de boucles en tire-bouchon serrées, les attache à l'aide d'un élastique sur sa nuque. Malgré ses efforts, des mèches s'échappent et lui giflent les yeux. Nos regards se croisent, s'accrochent. Je lui souris au-delà de la peur, tente de lui refiler des forces, en prends dans ses gestes décidés. D'un mouvement presque synchrone, nos mains fouillent les poches géantes de nos cirés pour en extirper nos bonnets. Bleu marine celui d'Élise, rouge le mien. Elle range les boucles sous la laine. Front dégagé, elle vient prendre le relais à la barre. Sa main s'appuie sur mon épaule. Il ne faut pas qu'elle soit trop douce, sinon mes barrières risquent de s'effondrer. La crise d'angoisse dans le carré m'a déjà trop secouée.

— Il faut faire quelque chose pour lui, me crie Élise en regardant le corps (le vent siffle si fort que, pour nous entendre, nous sommes obligées de forcer la voix).

Je pose les yeux sur Clarence, ce que j'évitais de faire depuis tout à l'heure. J'acquiesce et laisse la barre à Élise, m'approche du corps. Avec la gîte, il risque de rouler et de passer par-dessus bord. Victor tire le spi derrière lui sans trop savoir quoi en faire, empile dans ses bras la voile souple en bouquet. Il s'accroupit en face de moi.

— On pourrait le descendre dans le carré…

Nous savons tous les deux que c'est une mauvaise idée. Le corps de Clarence n'est déjà plus Clarence, ses yeux vides tournés vers le haut du mât, la peau livide, humide. Je touche son visage et retire mes doigts comme si je m'étais brûlée. Au regard des autres, je sais qu'ils pensent à l'importance spéciale qu'avait Clarence pour moi, même si nous n'en avons jamais vraiment parlé. Oui, ils savent et ils ont toujours su.

Je me force à regarder. Le vent fait s'envoler des mèches brunes sur son front. Pas beaucoup, le reste est collé en paquets humides à son crâne. J'ai si souvent observé chaque détail mouvant de ce visage que je ne parviens pas à le reconnaître, maintenant qu'il est figé. Mort, je répète le mot dans ma tête pour qu'il prenne du sens, mais ce qui s'est passé n'en a pas. Entre le corps sans vie de Clarence et la tempête qui nous rattrape, j'ai l'impression de nous regarder depuis une lorgnette, très loin. Exactement comme dans la cabane de plage, le jour de mes quinze ans. C'est une de mes solutions, quand une chose désagréable ou bouleversante me tombe sur la gueule : m'extraire, nier les événements. En général, mes yeux deviennent flous parce que je regarde sans voir, et je bascule dans un état de rêverie intense, loin. C'est une armure redoutable, et certaines douleurs ont glissé sur moi sans faire de dégâts grâce à cette fuite-là. Souvent pratique, mais pas toujours faisable. Là, ça ne dure pas, je ne peux pas me permettre de décrocher, de choisir l'extraction. Les rafales, de plus en plus violentes, me le rappellent. Tout m'interdit de basculer au-dedans. Je dois rester avec les autres, alerte, utile.

— On va l'enrouler dans le spi, j'annonce à Sam, saisissant un bout de la voile.

Sam acquiesce. Péniblement, je glisse la voile sous la tête de Clarence. Sam tire et se débrouille pour faire pivoter le corps, que le spi se déploie et qu'il puisse s'enrouler entièrement autour du corps. Avec la prise au vent, la voile souple se gonfle et le cadavre bouge brusquement. On est obligés de se plaquer tous les deux par-dessus, avant de resserrer le spi autour de Clarence avec application.

— Faut l'attacher. Il va nous entraver dans la manœuvre et avec ce qui vient, on peut pas se le permettre.

À l'aide des bouts reliés au spi, on ficelle le corps aux chandeliers. On galère pas mal, surtout avec les soubresauts du bateau. Le mât grince dangereusement, la bôme est tendue au maximum, au point que j'ai peur qu'elle se décroche, ou pire : que la voile se déchire.

— Il faut prendre un ris ! hurle Élise, les mains accrochées à la roue du gouvernail.

— Trois, pas un ! je lui réponds en grimaçant.

Chaque fois que le bateau descend dans le creux d'une vague, le pont est recouvert d'embruns. Mon visage est trempé, je passe ma langue sur mes lèvres salées. Les gerçures y sinuent déjà. Je fais signe à Victor de venir m'aider, tandis que Sam étarque au maximum les cordes qui entravent le corps de Clarence, histoire qu'il bouge le moins possible et ne tombe pas à l'eau.

Victor est blanc, docile et à l'écoute de mes moindres suggestions. Son expression de terreur me rappelle qu'il ne voulait pas venir. Il n'avait rien à faire sur *Le Céladon*. C'est à cause de Clarence s'il est ici avec nous, au milieu de la tourmente.

Accrochés à la bôme, les doigts glissants et gelés, je montre à Victor comment affaler un peu la grand-voile pour en réduire l'envergure et la prise au vent. Tandis qu'il m'aide à ficeler la voile à la bôme, je sens le voilier vibrer moins fort sous nos pieds, et c'est plutôt rassurant. Le mât cesse de crier, mais nous perdons de la vitesse.

Ne plus voir le visage de Clarence m'apaise, mais c'est encore plus vertigineux. J'ai désiré si fort ce corps, désiré si fort qu'il m'appartienne – il devait bien en *ressentir* quelque chose, à force.

Il a été mon ami. Il a été ma référence, mon amour presque secret, mon addiction. J'ai été son témoin, son faire-valoir, son amie sans aucun doute. Mon double inséparable.

Malgré la tempête, l'inquiétude immédiate, le souci de notre retour à terre, je ne peux pas m'empêcher d'y penser – soyons clairs : Clarence, de son vivant, ne m'a pas fait que du bien.

J'aurais sûrement dû écouter mon grand-père. Mais qui écoute les vieux, sincèrement ?

SEPT

Mon grand-père n'a plus sa main droite. Il a le bras coupé au niveau du poignet et je l'ai toujours connu comme ça. Son moignon m'est aussi familier que les rides qui strient ses joues – les chairs rougies, la cicatrice qui barre le bout du bras, une fermeture Éclair de peau blanche. Longtemps, je n'ai pas su comment il avait perdu sa main. Je n'avais pas le droit de poser la question.

Mon grand-père était instituteur, ce qui est une anomalie totale dans la famille de mon père : tous les hommes sont marins pêcheurs. Et mon père n'a pas échappé à la règle, il a bossé sur des chalutiers toute mon enfance et une bonne partie de mon adolescence. Maintenant il est au chômage, mais c'est une autre histoire. Celle à laquelle je pense, tandis que la mer se creuse autour de nous et que le corps de Clarence se cogne aux chandeliers, c'est une vieille histoire que j'ai mis un temps fou à connaître. Mes questions d'enfant ont toujours été tranchées net par une fin de non-recevoir. On n'en parlait pas, il fallait faire avec les mystères, les bouts tronqués.

J'aime profondément mon grand-père. C'est lui qui m'a appris à lire, un an avant l'entrée au CP.

— Il faut savoir lire, ma Doucette, c'est important. Il faut apprendre.

Je le regardais d'en bas, le trouvais beau et brouillé – un papier chiffonné. J'aimais bien qu'il me parle comme si j'étais importante, et qu'il m'appelle Doucette, aussi. On aurait dit le nom d'une fée. Mais on ne parlait jamais de sa main.

On ne parlait pas non plus de mon arrière-grand-mère, sa mère, la grand-mère de mon père. Et par ce silence organisé autour de son existence, elle rayonnait plus fort que les vivants et les morts qui s'affichent en sépia sur le buffet du salon.

Si j'ai fini par connaître l'histoire, c'est parce que j'ai poussé le bouchon, lancé l'appât, crié à l'omerta, harcelé mon père. Je peux être pénible, et mon père fragile, quelquefois. J'en ai profité. Il est plus loquace quand il picole. Alors un soir qu'il rentrait un peu plus tard que d'habitude, l'œil lourd, la démarche hésitante, j'ai attaqué.

— Comment Papy a perdu sa main ?

— Hein ?

Sa stupéfaction devait autant à l'alcool qu'à l'habitude prise de ne jamais parler de ça.

— J'en ai marre de pas savoir. Je suis plus une gamine.

— Rien à voir. Ça n'a aucun intérêt, c'est tout.

— Ah oui ? Ça n'a pas d'intérêt ? Alors pourquoi c'est impossible d'en parler ?

— Tu m'emmerdes, a grondé mon père en balayant mon argument comme s'il volait jusqu'à lui, giflant l'air d'un geste du bras.

Il est allé jusqu'à la cuisine, a sorti un verre et s'est servi un fond de vin. Après, il s'est assis à table, la table en Formica bleu qui est devenue vintage mais qui, ici, sera toujours démodée. L'ampoule émettait un petit bruit désagréable. La lumière tombait, blanche et triste, sur les mains de mon père, sur son verre Duralex aux deux tiers vide. J'ai attendu, sans le lâcher des yeux. Son dos s'est arrondi, j'ai repéré des trous de mite dans son pull, un camionneur gris étiré par son gros ventre et ses larges épaules. J'ai eu un peu honte, puis un peu honte d'avoir eu honte.

— Je veux savoir. Je bougerai pas tant que tu m'auras pas raconté.

Il a levé les yeux vers moi.

Sous le feu des questions et de mon regard sans appel, mon père s'est mis à parler.

Mon arrière-grand-mère s'appelait Marie. Marie-la-Forte, tout le monde l'appelait comme ça. Franchement, un nom qui en dit autant, ça devait pas être facile à porter. Mais c'était mieux que son deuxième nom : Marie-la-Folle. Celui-là, il est venu plus tard.

Mon grand-père avait douze ans quand son père n'est pas revenu de la pêche. En 1939, juste avant l'immobilisation des chalutiers à morue et le départ à la guerre de tous les hommes valides, son père est parti pour une campagne de pêche qui devait durer trois mois. C'était ça ou le champ de bataille, et pour la plupart d'entre eux, c'était les deux. Au retour de la pêche, ils ont tous enfilé l'uniforme pour aller combattre. Mais mon arrière-grand-père n'en a pas eu le temps. Le jour où le chalutier est rentré au port, il manquait à l'appel. Marie attendait sur le quai, comme les autres femmes. Il faut imaginer une brochette de robes noires qui, depuis deux siècles, se postent à l'arrivée des chaluts, volettent dans le vent. Il faut imaginer leurs visages inquiets, sans sourire. L'histoire leur a appris que le pire est toujours possible. Des générations de femmes endeuillées ont élevé seules leurs enfants, ici sur la côte. Bref, mon grand-père était gosse, il s'impatientait, cherchait des yeux le paternel, observait sa mère qui lui faisait un peu peur. C'était, m'a raconté mon père, une femme dure et étrange, qui parlait peu.

Quand ils ont compris que le père ne reviendrait pas – comme trois autres marins, balayés par une déferlante –, Marie n'a rien dit. Elle a attrapé la main de son fils pour le ramener à la maison. Il a suivi, étourdi par la nouvelle, effrayé par l'air dur de sa mère. Pas une larme. Pas un soupir, un cri, un malaise. Rien. Marie-la-Forte devait bien son nom à quelque chose, forcément.

— Peut-être qu'elle l'aimait pas ? j'ai suggéré à mon père.

Il m'a regardée, a secoué la tête comme quand nos mondes sont trop évidemment distincts.

— Et même si c'était le cas, Emma. Ils avaient un enfant ensemble, c'était son homme. Et puis l'amour, à l'époque, c'était pas une comédie romantique.

Je déteste quand il réduit ma lecture du monde à des clichés débiles. Mais je voulais connaître la suite, alors j'ai fermé ma gueule.

Mon grand-père est donc rentré avec sa mère, nouvel orphelin ne sachant pas quelle attitude adopter, creusant pour savoir ce qu'il ressentait. Mon grand-père, je l'ai toujours connu mélancolique. Je sais pas s'il était comme ça dès le départ ou si c'est venu après. En tout cas, ça l'a suffisamment bouleversé pour qu'il tombe malade. Il s'est chopé une fièvre dingue, à grelotter sous son édredon, suer comme un bœuf, perdre la notion du temps et des choses autour de lui.

J'en arrive au point de l'histoire qui m'intéresse, et mon père a hésité avant d'oser, alternant les silences et les débuts de phrase sans suite. Et puis il a bien fallu qu'il lâche le morceau, la vérité brutale et l'imaginaire galopant qui allait avec. Après ça, je suis restée conne, franchement. Parce que la vérité, c'est que c'est sa mère qui lui a coupé la main. Elle a pris un hachoir de cuisine, très tranchant, et lui a immobilisé le bras. Il paraît qu'elle a fait ça très bien, tchac, en un seul coup, et qu'elle a immédiatement enroulé le poignet de son fils dans des compresses, avant de l'emmener se faire recoudre à l'hôpital. Quand le chirurgien a demandé ce qu'il s'était passé, elle ne regardait déjà plus rien ni personne. Un voile sur la cornée, elle a soufflé :

— Ni marin ni soldat.

Et elle n'a plus rien dit d'autre, pendant des années, le répétant comme une litanie. Ni marin ni soldat. C'était la guerre, personne n'a songé à lui retirer son fils, mais de toute façon il ne risquait plus rien. Il n'a pas eu d'autre choix que de travailler à l'école, puisque les métiers manuels lui étaient désormais inaccessibles. Du coup, il est entré en internat très tôt, a poussé jusqu'au certificat d'études, puis il a passé le concours d'instituteur, ce qui à l'époque était drôlement classe.

C'est comme ça que mon arrière-grand-mère est devenue Marie-la-Folle. Et c'est pour ça qu'il n'y a aucune photo d'elle nulle part. Après, je ne sais pas comment elle est morte, mais je creuserai un jour.

Je n'ai jamais dit à mon grand-père que je savais. J'ai pourtant mille questions à lui poser, mais je me tais.

— Tu travailles bien au lycée, Doucette ? il me demande toujours dès que je pose un pied chez lui.

Et j'aime pouvoir lui répondre que oui.

Le jour où il a rencontré Clarence, des années plus tard, on venait de passer le bac blanc de français. J'avais proposé à la troupe de venir chez mon grand-père. Il me semblait que cet homme que j'aimais tant devait rencontrer ceux qui comptaient le plus à mes yeux, qui partageaient ma vie. Si je ne l'avais pas fait plus tôt, c'était peut-être à cause de ce secret qui me donnait l'impression qu'un monstre allait surgir des placards. Maintenant que je connaissais la vérité, les choses étaient plus simples, même si je n'ai jamais raconté l'histoire de la main coupée à qui que ce soit. Ça ressemblait trop à une de ces histoires horribles qu'on se chuchotait pour s'effrayer le soir, et elle avait à mes yeux un caractère sacré. J'ai beaucoup réfléchi au geste de mon arrière-grand-mère, et je n'arrive pas à la condamner, je lui trouve même un sacré courage. Mais je n'ai personne avec qui en parler.

Ce jour-là, dans la cuisine de mon grand-père, on spéculait à mort sur nos résultats. Clarence et moi, on avait tous les deux choisi la dissertation, et on déroulait nos plans et nos exemples. Élise, prudente, avait choisi le commentaire, et Sam la création. Mon grand-père voulait lire son poème, mais Sam, rouge jusqu'aux cheveux, se défendait en s'excusant.

Sam écrivait déjà quand on était gamins. Je me souviens de ses poèmes animaliers qu'il acceptait de me lire à haute voix si je jurais avant, d'une part de ne jamais rire – sauf si c'était sciemment drôle –, et d'autre part de ne jamais en parler à personne. J'avais toujours tenu parole, mais cet après-midi-là, son goût pour la poésie éclatait au grand jour et il n'était pas sûr d'aimer ça.

Mon grand-père nous a servi un goûter, du genre que les vieux savent préparer – surtout s'ils ont connu les privations pendant la guerre. Des crêpes, de la brioche, des confitures qu'il fait lui-même. On a dévoré. Quatre estomacs d'adolescents, navigateurs qui plus est, aux carrures déployées, en lisière de l'âge adulte : un carnage. Ils louchaient tous sur le bras coupé, même s'ils faisaient semblant de ne pas y faire attention. Je ne sais pas si mon grand-père s'en rendait compte, il devait avoir l'habitude, à force.

— Et tes parents à toi, qu'est-ce qu'ils deviennent ? il a demandé à Élise.

Elle a d'abord avalé sa brioche pour pouvoir parler sans mâchouiller, a bu une gorgée de chocolat et lui a souri.

— Je sais pas trop.

— Comment ça, tu sais pas trop ?

— Ils sont toujours en Afrique, je les ai pas vus depuis Noël.

Mon grand-père n'a pas fait de commentaire. Il l'a d'abord observée un moment sans rien dire avec ses yeux bleu pâle qui transpercent.

— Où ça, déjà ?

— Mauritanie.

— Ah oui, c'est vrai.

— Comment vous savez ? s'est étonnée Élise.

Elle m'a regardée, me posant la question muette de ce que j'avais raconté à mon grand-père. Mais il s'est levé et a ouvert un tiroir, s'est mis à fouiller dans l'entassement de papiers.

— Tu sais, ta mère a été mon élève, il y a très longtemps.

Élise savait, bien sûr, le maître au bras coupé, sévère mais juste, l'instituteur de campagne qui a appris à lire aux trois quarts des habitants de la côte. Mon grand-père a chaussé ses lunettes pour déchiffrer les papiers en liasse, agile pour les saisir malgré son moignon, a fini par abandonner et refermer le tiroir.

— Je ne la trouve pas, mais j'ai reçu une lettre de ta mère, il y a quelques mois.

— Vous avez de la chance, a sifflé Élise, amère.

— Elle ne t'écrit pas ?

Mon grand-père avait l'air choqué.

— Si, elle a reconnu. On s'envoie des mails et on se parle sur Skype…

— Mais tu lui en veux de ne pas être restée ici, a conclu mon grand-père.

Elle a haussé les épaules. Il a repris :

— Ou alors ça t'arrange de lui en vouloir.

— Comment ça ?

— C'est toi qui as insisté pour rentrer en France, non ?

Il souriait, mais on sentait bien qu'il avait son idée sur la situation.

— Oui, mais bon, c'est ma mère.

— Et donc ?

— Je sais pas.

— Tu avais le choix, non ?

— Oui, a soufflé Élise après un instant d'hésitation. Mais j'avais onze ans.

— Tu avais le choix, il a répété.

J'aurais aimé rassurer Élise, lui expliquer que mon grand-père, bien plus vieux que le sien, était d'une autre époque. Qu'il était dur à cause de son histoire, qu'il ne fallait pas se formaliser. Lui dire que moi, je la comprenais très bien, même si ce n'était pas tout à fait vrai. Sam et Clarence écoutaient attentivement, je ne sais pas ce qu'ils pensaient. Sam est un tendre, mais Clarence se targuait d'une lucidité parfois cruelle qui échappait à la complaisance. Il y a eu un silence un peu long, avec juste le cri des mouettes par la fenêtre – elles sont partout ici, une musique infernale, une bande-son géographique. Puis on a vu Élise se redresser doucement sur sa chaise et sans aucune colère. Elle a offert un sourire immense à mon grand-père. Comme si elle comprenait quelque chose qui m'échappait à ce moment-là, le cadeau qu'il lui faisait.

Clarence, habitué à séduire, et désireux d'être au centre, lui souriait aussi de toutes ses belles dents et attendait son tour avec impatience. Mais mon grand-père nous a mis dehors, sans méchanceté, il était fatigué, on avait sans doute mille choses à faire. On a remis nos cabans, hissé nos sacs sur nos épaules, envisagé une virée au port. Dans les yeux d'Élise, il y avait une confiance nouvelle, une tranquillité que je ne lui connaissais pas. Elle semblait grandie, un peu comme Sam le jour où Clarence s'était étonné de ne pas le voir naviguer avec nous. Sam qui, de son côté, a sorti son brouillon de poème et l'a posé discrètement sur la table du salon, l'offrant à la curiosité du vieil instituteur. Je savais que les parents de Sam, eux aussi, avaient appris à lire avec lui, ils n'ont jamais quitté le village. Sam le savait aussi.

Mon grand-père m'a retenue sur le pas de la porte et m'a glissé doucement, désignant Clarence du menton :

— Méfie-toi de celui-là, Emma. Il a l'air fort, mais dessous c'est du vent, il tremble. Et toi, tu le rends trop important. Tu es bien plus forte que lui.

Si j'ai été déçue, énervée aussi, que mon grand-père adoré me mette en garde contre celui qui brillait tant à mes yeux, je n'ai pourtant jamais oublié ses mots. Et je m'en suis souvenue quand Victor a débarqué, et surtout quand ça a commencé à déconner, entre Clarence et Victor.

HUIT

C'est une chose d'observer une tempête depuis la côte, les tonnes d'eau salée qui ébranleraient presque les manoirs de granit. C'est une chose de se faire peur aux abords des jetées détrempées, se raconter les disparus, chaque année, les imprudents. Il y a aussi ce plaisir frissonnant des films catastrophes, lorsque l'écran s'emplit d'une vague géante et qu'une coque de noix s'agite au milieu, moucheron sur une table de banquet. Mais être au cœur, la voir arriver et n'avoir aucune porte de sortie relève de la terreur pure. Après avoir été secoués violemment, une accalmie blanche enveloppe soudain le bateau. La peur, ça peut tétaniser ou galvaniser. Je crois que ça dépend du degré de danger, ou de l'évaluation qu'on en fait. Je ne sais pas trop. Ce que je sais, en revanche, c'est la violence qui te secoue lorsqu'elle t'envahit. Parce qu'au moment où je comprends vraiment qu'on est dans la merde, un effroi brutal me remue de la tête aux pieds. Je sais que ce qui va venir sera terrible, que nous n'avons jamais vécu ça. La question qui se pose, pour la première fois de nos vies : est-ce qu'on va s'en sortir ? Le calme ne dure pas, le vent forcit encore. On sent comme un sursis avant qu'il se déchaîne.

— Je rappelle les gardes-côtes.

Les autres sont d'accord, je vois sur leur visage l'espoir fou d'un secours extérieur, alors que le bateau continue d'être ballotté, poussé dans le creux des vagues. Je descends dans le carré, me tenant aux parois et aux angles pour ne pas tomber, me jette sur la radio. Le casque glisse sur mes oreilles mouillées, j'ajuste le micro et cherche la bonne fréquence. Victor m'a suivie, ses yeux hagards accompagnent chacun de mes gestes. Je suis sûre qu'il se demande pourquoi il est venu, pourquoi il a accepté alors qu'il est terrien jusqu'au bout des ongles. Je comprendrais qu'il nous en veuille. L'eau dégouline de ses cheveux longs, de ses sourcils. Je vois les frissons sur son cou, la chair de poule qui le fait grelotter tandis que je m'excite sur la radio qui refuse de marcher. Ses yeux verts – doux et peinés par la situation – me dévisagent, me supplient. Je suis désolée, tellement désolée.

— Reste ici. On va tout affaler avec Élise et Sam. Je crois que c'est le mieux à faire. Toi, tu peux rester dans le carré, on te rejoint.

— Non, je veux aider.

— Tu es vert, Victor. C'est pas ton élément, on n'aurait jamais dû…

Une secousse nous fait chuter sur le côté gauche. Je me cogne l'épaule, Victor se rattrape à la table de justesse avant la chute. Ses yeux s'écarquillent, il porte une main à sa bouche.

— Ça va ?

— J'ai la gerbe.

— Faut que je remonte voir ce qui se passe. Je suis désolée.

Victor se dirige vers les toilettes à l'arrière du bateau. Ça tabasse follement et les mouvements du voilier sont terribles. Victor a vomi plusieurs fois depuis notre départ, souffrant silencieusement du mal de mer dont nous ne sommes plus victimes depuis longtemps – mais là, même moi j'ai le ventre retourné. Je réajuste le casque sur mes oreilles : des crachotements et puis rien.

On ne peut pas le savoir puisque la radio ne marche plus, pourtant, au même moment, les autorités portuaires envoient à tous les bateaux de nouvelles consignes radicales pour rentrer au port ou se mettre à l'abri, n'ayant pas la possibilité d'envoyer des secours dans une mer aussi démontée. Un vent de force 9 souffle sur l'océan, et des creux de dix mètres se forment déjà au large. Au large, là où nous sommes.

À cet instant précis, alors que la radio grésille, que la voix hachée finit par se taire, et que Victor vomit sans doute, je comprends que la mort de Clarence passe au deuxième plan. Nous sommes vivants et pas lui, mais la probabilité qu'on le rejoigne très vite enfle dans nos esprits. Nous sommes seuls. La mort est si proche de nous qu'elle englobe largement notre énergie à continuer de respirer.

Il ne faut pas – c'est un combat qui s'annonce.

— Attends, Sam, je vais t'aider ! je crie en émergeant sur le pont.

Il tente de détacher les drisses tendues sur le mât. Ses doigts sont glacés, malhabiles, et les nœuds trop serrés. Le foc faseye en claquements sonores, je largue les écoutes au passage, le rejoins contre le mât pour l'aider. À deux, on y parvient enfin, et le foc descend brusquement. La grand-voile se tend encore plus fort, prête à se déchirer.

Le foc affalé, le bateau prend le vent d'une drôle de façon, Élise s'en rend compte et l'oriente vent arrière, tandis que Sam et moi larguons la voile au maximum, bôme en travers. C'est par de longs à-coups que *Le Céladon* avance, et c'est une allure trop chaotique, nous le savons tous les trois. On ne fait que parer au plus urgent – en l'occurrence, éviter que la voile se déchire. Sam et Élise ont pris des ris pendant que j'essayais d'appeler le port, et la voile réduite devrait tenir. Du moins c'est ce qu'on espère. Je rejoins Élise à la barre. Le bateau fonce malgré tout, il surfe sur le museau d'une vague qui monte de plus en plus haut, menaçant de déferler.

— Tu peux descendre avec Victor, je prends le relais.

Sam évolue doucement jusqu'à nous, se tenant aux drisses du mât, parvient à s'accrocher à moi au moment où le bateau redescend dans la vague restée longue et profonde, sans se briser en rouleau. Le bout de la bôme mord dans la vague et l'eau s'engouffre dans la voile. Nous sommes entre deux murs de mer grise. J'ai l'image d'un étau, soudain, et du bateau noyé dans le ventre d'une lame immense, happé par deux mouvements contradictoires. Nos bras se crispent les uns aux autres, Élise ne me répond toujours pas, le visage baigné d'embruns, la bouche entrouverte sur notre déroute. Je lui répète de descendre se reposer.

— Emma a raison, crie Sam, tu devrais essayer de dormir, on prend le premier quart.

— Dormir ? Vous êtes complètement tarés. Comment vous voulez que je dorme ?

— On sait pas combien de temps ça va durer, et il faut qu'on tienne le plus longtemps possible.

C'est moi qui parle, et je tente de me convaincre moi-même tandis que j'exhorte Élise à filer dans le carré. Peut-être que Sam et moi devrions faire la même chose. Le pont se recouvre d'eau à chaque mouvement du bateau, et le corps de Clarence est immergé à chaque fois. J'ai la tentation d'aller resserrer les nœuds qui le retiennent à nous mais c'est stupide. Surtout, j'hésite à le dire à mes amis. Élise ne bouge pas, les mains agrippées à la barre. Et c'est elle qui vient la chercher, cette vérité terrifiante :

— Les secours arrivent dans combien de temps ?

— J'ai pas réussi à faire marcher la radio.

— Quoi ?

— Tu déconnes ? ! renchérit Sam.

Je secoue la tête. Le voilier remonte en haut du creux, c'est flippant, mais moins que de descendre entre deux vagues.

— Je sais pas si c'est notre radio qui est HS ou si c'est le signal qui est brouillé. Ça grésille, et j'arrive à parler à personne.

— Putain. Putain putain putain.

Sam se donne des coups de poing dans la cuisse en jurant. Élise ne dit rien, elle lève la tête : des éclairs traversent soudain l'opacité du ciel en détonations furieuses. Elle serre les dents, embrasse Sam et part se réfugier dans le carré, titubante. Elle se retourne vers nous.

— Je vais essayer de faire marcher la radio. Mais je crois surtout qu'on devrait tous rentrer et se barricader à l'intérieur. Attachez nos harnais à la barre !

Au moment où elle referme la trappe au-dessus de sa tête, l'enfer est sur nous.

NEUF

Courir, descendre sur les pavés dans le renfoncement de la digue, le temps du ressac, hurler tandis que l'eau monte et se brise sur le granit, arrose tout, inonde, emporte, lèche les murs et les bancs. J'ai jamais cessé d'aimer ça, et le délice du danger partagé avec les autres à chaque marée haute. Plus le coefficient était haut, plus l'excitation était grande. Au bar-tabac du bout de la jetée, on voit sur les cartes postales des geysers blancs qui dépassent les immeubles. Les grandes marées d'équinoxe m'ont toujours rendue dingue d'euphorie. Elles ont beau me rappeler notre fragilité, notre petitesse, défiant les vagues depuis la terre nous étions forts, indestructibles. Vas-y, souffle, envoie les vagues, fais-les déferler sur le béton et sur la pierre, on sera toujours capables de louvoyer entre tes charges.

Les flics bloquaient l'accès à la jetée, empêchaient les gens de s'approcher.

Mais c'était chez nous, c'était notre jeu, notre vie, personne n'aurait pu nous interdire de venir jouer avec le ressac, descendre au plus près et remonter en courant, se faire tremper, renverser parfois, par l'agressivité d'une vague plus féroce que la précédente.

Bien sûr, c'est dangereux. Chaque année, plusieurs imprudents y restent. Ça nous excitait, nous rendait puissants, imbéciles et joyeux.

Le seul à trouver ça vraiment idiot, et à le dire, ça a été Victor.

— Vous faites ça souvent ? il m'a demandé, le dos collé au muret, les bras serrant son ciré autour de lui.

On l'avait embarqué avec nous à la sortie du lycée. Il était là depuis quelques semaines, apprivoisait nos habitudes, digérait ses propres séparations. Il avait dû quitter la ville où il vivait avec sa mère, ses amis, c'était pas facile.

— Quelquefois, surtout quand ça tabasse très fort.

Clarence descendait les marches en granit à ce moment-là, alors qu'une déferlante s'engouffrait au pied de la jetée, promesse d'un éclat d'eau salée qui monterait très haut.

— C'est un peu con, non ?

Stupeur et révolte immédiates. Comment est-ce qu'il pouvait réduire à ce point nos jeux, notre amour du risque ? Mais aussi, je dois l'avouer, une certaine admiration s'est frayé un chemin jusqu'à ma conscience. Il refusait de jouer le jeu. C'était révoltant, c'était courageux. Le mec venait d'arriver dans le coin, se retrouvait à cohabiter avec Clarence, intégrait notre petit groupe si fermé, et il avait la désinvolture de se désolidariser, de faire valoir son libre arbitre.

Clarence est remonté à toute allure, hilare, et s'est fait asperger le dos avant d'arriver jusqu'à nous.

— Qui descend plus bas que moi ? Victor ?

— Non, ça va.

— Comment ça ? Tu déconnes, montre-nous !

— Que je vous montre quoi ? J'ai pas envie de me noyer.

Clarence, incrédule, s'est mis à sautiller en donnant des petits coups de poing dans l'épaule de Victor.

— T'as pas les couilles ?

— Hein ?

— T'as pas les couilles de descendre ?

Victor a haussé les sourcils, secoué la tête.

— Voilà, c'est ça, j'ai pas les couilles.

— Tu préfères pleurer dans les bras de ta mère, c'est ça ?

Clarence a balancé ça sur un ton soudain hostile, détenteur d'une intimité à laquelle nous, les autres, n'avions pas accès. On a ri par réflexe, parce qu'on riait toujours aux vannes de Clarence.

— Ah bon ? a fait Sam, curieux, moins rieur que nous.

Victor a plissé les yeux, ses mâchoires se sont contractées. On sentait qu'il était tendu, surpris par la réflexion de Clarence. Déçu ? Ou c'est moi qui l'étais, peut-être.

— Laisse ma mère tranquille, a lâché Victor.

Sa voix vibrait, pourtant calme, posée.

— Oh, moi, je la laisse tranquille, mais faudrait qu'elle me lâche un peu, elle aussi. Je suis pas un môme, tu vois.

— Oui, c'est vrai, t'as des couilles, toi, hein. T'es grand, t'es fort, t'obéis à personne, et les conseils c'est pas pour toi, t'as rien à apprendre.

Là, je m'en souviens très bien, on ne riait déjà plus. L'échange virait à l'affrontement alors que les lames retombaient autour de nous, se fracassaient tout près, coulaient en ruisseaux. Des ridules d'embruns sillonnaient le béton. Clarence et Victor se faisaient face, mentons levés, épaules déployées. C'est Élise qui a coupé court, suggérant un repli à *La Peste Écarlate*, le bistrot qu'on aime bien, au bout de la jetée. Tout le monde a acquiescé, sauf Clarence qui avait les boules, ça se voyait. J'ai toujours eu l'impression que notre relation était spéciale, alors je l'ai retenu, quand les autres se sont engouffrés dans le bar.

— Il se passe quoi avec Victor ?

Son regard était brouillé. Hargneux ou perdu, j'aurais pas su dire. Il a secoué la tête, l'eau salée lui coulait dans les yeux, il s'est essuyé avec la manche de son caban. On aurait dit qu'il pleurait.

— Rien, il m'énerve, c'est tout.

— Pourquoi t'as parlé de sa mère ?

— Elle est collante.

— Avec toi ?

J'ai senti que ça l'énervait. Il a fait un mouvement vers la porte du bar, genre c'est bon, on y va maintenant, arrête avec tes questions. Je l'ai retenu par le col de son caban.

— Réponds, Clarence, s'il te plaît.

— Qu'est-ce que ça peut te foutre ? Oui, elle me colle, enfin j'en sais rien, elle et son petit chéri, ils me soûlent, c'est plus comme avant, c'est tout.

— C'est tout ?

Il a frotté sa tête avec une main, les gouttelettes ont volé partout, un chien mouillé qui reprend du poil de la bête.

— Même avec nous, ça me soûle en fait qu'il soit là.

— Il est sympa.

— Ouais, c'est ça le problème. Vous le trouvez sympa, ce con. Mais c'est pas une raison. Depuis quand c'est un critère ? La cour du lycée est remplie de mecs sympas. C'est pas pour autant qu'on est potes avec eux.

Je suis restée un peu conne, sans trop comprendre.

— C'est toi qui nous l'as présenté, c'est toi qui l'as fait venir dans la bande.

— Je sais.

— Tu regrettes ?

— Non, c'est pas ça. Enfin j'en sais rien. Au début je trouvais ça bien, mais il est trop sûr de lui, ça me gave.

— Tu dis ça parce qu'il valide pas tout ce que tu dis ?

Clarence a grogné, il y a eu un éclair de rage dans son regard.

— C'est ça, ouais.

Et il m'a poussée pour atteindre la porte, l'ouvrir à la volée et entrer. Je l'ai suivi, longeant le comptoir, souriant à la serveuse. On a commandé deux bières avant de rejoindre les autres, installés sur une banquette en arc de cercle devant les fenêtres du bow-window. Au travers, on voyait la mer qui continuait son spectacle à grands coups de vagues éclatées. Sam et Élise riaient en écoutant Victor raconter une histoire. Ils ont arrêté de rire quand ils ont vu Clarence, ça donnait vraiment une drôle d'impression. Victor a levé son verre et nous a regardés les uns après les autres.

— Merci de m'avoir accueilli dans votre petit groupe. J'ai de la chance de vous connaître, même si j'aime pas trop jouer avec le danger, surtout quand il est réel.

On a trinqué en silence, les regards s'accrochaient et les sourires avaient du mal à se former franchement.

— Tu racontais quoi ? a demandé Clarence, sans douceur.

— L'histoire du condamné à mort que Van Houten avait payé pour lui faire de la pub.

— Raconte.

— Le chocolat Van Houten, tu vois ? Eh ben y a super longtemps, ils ont proposé à un condamné à mort de filer du pognon à sa veuve s'il acceptait de crier : « Vive le chocolat Van Houten ! » juste avant d'être pendu. Comme y avait plein de monde aux exécutions, ça leur faisait de la pub.

— Le mec a accepté ?

— Ben ouais.

— C'est ouf, quand même.

— Super cynique.

— Elle est bien, cette histoire.

Clarence souriait, il y a eu comme un soupir silencieux de soulagement entre nous, l'autorisation de se détendre. Alors que Clarence allait lever le bras pour commander une deuxième tournée, Victor a interpellé la serveuse et a proposé d'offrir les verres. J'ai vu la crispation sur le visage de Clarence, il a pris sur lui, son épaule s'est baissée lentement, effaçant le geste esquissé. Quand les verres sont arrivés sur la table, on a tous trinqué en braillant : « Vive le chocolat Van Houten ! » On devinait que ce cri allait rester, une nouvelle complicité initiée par Victor, une intronisation renouvelée et tonitruante à laquelle Clarence se pliait, faussement joyeux. Et derrière le rire de nos visages plongés dans la mousse, le cheveu encore humide et hirsute d'avoir rivalisé avec les vagues et le vent, je ne pouvais pas m'empêcher de penser que ce cri restait celui d'un condamné à mort, et on le clamait tous dans un aveuglement qu'on devrait payer un jour ou l'autre.

DIX

Ulysse avait demandé à être attaché au mât pour écouter le chant des sirènes. Moi c'est à la barre que je me ficelle grâce au harnais. Et j'attache Sam avec moi. En guise de musique, on a les hurlements du vent, assourdissants. Mon bonnet rouge est fourré à l'intérieur, et j'ai eu tort de le prendre : la fourrure humide garde ma tête au froid, là où le bonnet marin de Sam, même gorgé d'eau, lui tient chaud. C'est le propre de la laine qui gratte. Le bateau est devenu fou, il grince et se tend, semble réclamer qu'on lui fiche la paix, menace de se rompre. Par où et comment, je n'en sais rien. Nous ne maîtrisons plus grand-chose, sauf les muscles de nos bras durcis pour tenir la barre, le cap. Rentrer est une chimère, mais s'éloigner du cœur de la tempête nous semble encore possible. On s'accroche à cet espoir, alors que la nuit est là et que les éclairs déchirent le ciel, éclairant au loin des creux aussi terribles que ceux dans lesquels le bateau plonge avant de remonter. De grands canyons aux parois liquides. Je ne regarde pas Sam, collé comme moi à la barre.

Je ne veux pas mourir.

Je ne veux pas mourir, et j'aimerais que Clarence soit encore là pour nous aider. Clarence a toujours été un bon navigateur. Prenant trop de risques, mais doué. Et fort. Ses bras nous manquent, et sa capacité à rester calme, à trouver des solutions. Alors que je lutte contre la panique, je l'imagine à la manœuvre. Son corps enroulé dans le spi reste dans mon champ de vision, ballotté mais tenu aux barrières, nous sommes bons en nœuds marins.

— Si on descendait complètement la voile ? me crie Sam – même tout proches, le vacarme est tel que nous devons forcer la voix pour nous entendre.

— C'est trop dangereux !

Décrocher nos harnais, aller jusqu'au mât et défaire les nœuds pour descendre la grand-voile est un risque énorme. De là où nous sommes, les quelques pas à faire ressemblent à un suicide.

— On n'a pas le choix, le mât va pas tenir !

Le mât est d'origine, en bois, contrairement à la bôme qui est un alliage d'acier. Il souffre depuis le début de la tempête, pousse des grincements sonores alarmants qui donnent raison à Sam, je le sais. Pourtant, que l'un d'entre nous se détache pour autre chose que se mettre au sec dans le ventre du bateau me terrifie. J'ai envie de pleurer même si c'est pas le moment, et mon cerveau ne me laisse pas lâcher prise. Si je veux survivre, impossible de me laisser aller aux émotions.

Je ne veux pas mourir.

Sam est plus fort que moi, c'est donc à lui de tenir la barre – seule, je n'y arriverai pas. Je détache le mousqueton de mon harnais, mais reste accrochée au filin de survie. Si je tombe à l'eau, comment Sam, seul et en pleine tempête, pourrait me faire remonter ? Le filin me semble une sécurité illusoire. Sam me retient par la manche, serre mon bras.

— Fais gaffe, Emma.

Je ne tente même pas de sourire, effrayée par sa solennité.

Un pas, deux et je me baisse, je choisis d'avancer à quatre pattes, évolution lente et poussive sur les surfaces humides et glissantes. La frontale glissée à mon cou, je m'approche du mât en passant près du corps de Clarence. Impossible de ne pas regarder. Le faisceau de la frontale balaie l'espace devant moi : le vent et les secousses du voilier ont arraché un pan du foc qui claque au-dessus de l'eau, découvrant le visage de Clarence. Ses yeux sont ouverts, ses lèvres sombres et écartées sur ses dents, la mâchoire relâchée dans une grimace d'abandon. Sa tête bouge en même temps que le bateau. Je réprime un cri, expire un gémissement, continue d'avancer centimètre par centimètre. Mes genoux se cognent aux taquets, ma main rencontre la manivelle qui retient encore un peu de corde. Je la dépasse et pousse un hurlement de terreur : je suis retenue par la cheville, comme si une main m'agrippait. Mon pied s'est pris dans le cordage. Mon cœur bat à une vitesse folle, mes doigts s'agitent autour de ma cheville pour me libérer de la corde qui, sous la poussée du vent, serre et brûle ma peau à travers la chaussette. Mes baskets sont trempées, comme mon jean et mon visage. L'eau glisse aussi dans mon cou mais je ne sens plus le froid. Alors que je tente de me dégager, une vague géante nous gifle, inondant le bateau. J'avale de l'eau salée, recrache et tousse. M'accroche à la manivelle solidement vissée au pont. Je ne veux pas mourir ! J'entends Sam crier mon nom à travers le chaos, jusqu'à comprendre qu'il ne s'agit pas de mon nom :

— Le mât ! Attention au mât !

Je lève la tête lentement, pour voir ployer la grand-voile, happée par un mur de mer, et le mât se plier doucement jusqu'à toucher la surface à son tour, faisant gîter le bateau à la limite du naufrage. Je me cramponne au winch de toutes mes forces tandis que mon corps glisse vers l'eau. Je ne la vois pas mais je suis sûre que l'énorme dérive sous le bateau, comme un aileron inversé, est en train d'émerger, gluante d'algues et de mousse. Le hurlement se bloque dans ma gorge. Dans un long craquement, le mât se brise sous nos yeux, le bois se déchire à un mètre de hauteur, puis est arraché et emporté par la vague. Sans la pression du vent sur la voile, le bateau se rétablit et remonte comme un bouchon au faîte de la déferlante suivante, perd son axe et son cap, léger et fou, sans maître. Dans son sillage, à tribord, le mât cogne la coque, retenu par les haubans emmêlés.

Nous ne sommes pas morts. Je sens l'urine chaude qui a coulé le long de mes cuisses. Mes bras sont toujours serrés autour du winch et c'est Sam qui vient me secouer. Tenir la barre n'a plus de sens.

— On descend dans le carré, Emma.

Accrochés l'un à l'autre, accroupis, battus par la pluie, on rejoint la trappe, la porte, le sésame, qu'on ouvre tant bien que mal et par à-coups pour descendre à l'intérieur, le long de l'escalier en bois, jusqu'au carré où Victor et Élise nous accueillent, livides.

Nous tremblons si fort que même enlever nos cirés est une épreuve, nos doigts s'emmêlent, se trompent de bouton, gelés.

— Attends, me souffle Victor, je t'aide.

Et nous nous laissons faire, accrochés aux éléments fixes pour ne pas tomber, secoués ici aussi. Élise déshabille Sam tandis que Victor fait la même chose avec moi. Le soulagement d'être au sec n'a pas éteint la peur. Tout le monde le comprend. Nous sommes tous terrifiés. Sam et moi sommes carrément en sidération. Je laisse Victor faire glisser mon jean le long de mes jambes, retirer mon pull. Il fait ça avec douceur malgré les secousses du voilier, me parle en même temps, mais je n'entends pas. J'enlève ma culotte qui va rejoindre mon jean et celui de Sam, trempé aussi, dans un grand sac-poubelle. La pudeur n'a plus lieu d'être. J'ouvre le tiroir sous la banquette et me rhabille seule. Mon corps se remet à fonctionner dans la chaleur d'un bas de survêtement. Chaussettes en laine, sweat à capuche doublé, ma deuxième paire de baskets aux pieds. Ça va mieux, même si les tremblements continuent. Sam me fixe, dans le même état. Nous tremblons, le bateau tremble. Un verre de Talisker arrive dans nos mains, et nos regards se croisent en même temps que nous avalons cul sec la rasade. De toute façon, on ne peut pas poser nos verres, ils valseraient instantanément à travers le carré. Victor et Élise ont ligoté tout ce qui pouvait l'être dans la pièce commune : bouteilles, vaisselle, livres, objets de bord, tout est attaché ou confiné dans des placards aux portes solidement fermées.

— On va attendre que ça se calme, chuchote Sam.

Élise le prend soudain dans ses bras, fourre son visage dans son cou, en ressort les yeux brillants, les dents serrées. Victor nous dévore des yeux, l'un puis l'autre.

— On a cru que vous étiez morts, putain.

— Pas encore, je réponds. Mais c'est pas gagné.

Dehors, le tonnerre gronde et explose en éclairs assourdissants. Nos lampes grésillent et s'éteignent : plus d'électricité, le générateur vient de mourir.

La cabine est illuminée par la foudre qui frappe le sommet des vagues, une lumière blanche qui nous donne des gueules de fantômes. J'espère que les hublots vont tenir le choc sous l'afflux des vagues. Victor me ressert un verre. Il s'y reprend à plusieurs fois et en renverse à côté, tellement le mouvement des vagues bouscule le voilier. Je claque des dents. Il passe son bras autour de moi, frotte mes épaules dans une vaine tentative de me réchauffer. Il fait bon dans la cabine, le froid vient de l'intérieur. J'ai l'impression que mes os sont glacés, tout mon squelette en stalactites prêtes à se rompre. Et l'immonde sourire de Clarence, bouche ouverte, me poursuit. Je repousse doucement Victor.

ONZE

C'était le jour de mon anniversaire. Quinze ans, mes quinze ans. Le moniteur nous avait déconseillé de sortir, la mer était houleuse, sournoise. Le vent soufflait par à-coups, des rafales d'une puissance incroyable, et puis soudain s'arrêtait, déséquilibrant chaque embarcation qui filait à la gîte. C'était dangereux. Je m'en foutais, j'avais quinze ans, c'était mon anniversaire et je n'imaginais pas de plus beau cadeau qu'une sortie en mer avec Clarence. Alors j'ai insisté. Dans un soupir excédé et amusé, Jacques a fini par nous laisser gréer le 420.

— Je prends pas le Zodiac aujourd'hui, j'ai la crève et y a que vous pour venir m'emmerder un jour pareil. Alors faites gaffe, hein.

— Tu t'en vas ? j'ai demandé.

— Bien sûr que non, je vous garde à l'œil… mais d'ici.

Je ne suis pas certaine qu'il avait le droit, et je pense qu'il a été très mal, par la suite, de nous avoir laissés naviguer dans ces conditions, ou de ne pas nous avoir suivis au moteur. Ni Clarence ni moi ne lui avons reproché quoi que ce soit, mais nous n'en avons parlé à personne, et lui non plus.

Le dériveur filait à une allure phénoménale. Très vite, la côte a été loin, Jacques pas plus grand qu'une tête d'épingle. On aimait ça, on aimait tellement ça, la sensation de voler avec le bateau, de se faire de plus en plus légers à mesure qu'on prenait de la vitesse. Il n'y avait presque personne sur l'eau, ça nous donnait l'impression d'être les rois du monde.

Pendant une petite heure, on a tiré des bords à fond de cale, méprisant les moutons qui affleuraient, de plus en plus nombreux, de plus en plus proches. On riait, Clarence montait au trapèze, je le regardais faire, pensais tout maîtriser puisque je tenais la barre. Je ne lui avais pas encore dit que je l'aimais, j'étais persuadée qu'il le savait et que c'était réciproque. Si je doutais à terre, la certitude de cet amour partagé s'imposait dès qu'une coque remuait sous nos deux poids. J'imaginais souvent les circonstances parfaites pour un premier baiser qui en appellerait d'autres, et ce que nous partagions en naviguant pouvait ressembler à une danse, à ce que je me figurais d'un couple faisant l'amour. Il y avait l'excitation, la sueur de l'effort, la complicité extrême qui pouvait même abolir la langue et passer par le regard, l'obligation d'appréhender les mouvements de l'autre pour adapter les siens, chacun devenant l'essentiel morceau d'un tout, tendu par le plaisir. Quinze ans, et mon plus beau cadeau d'anniversaire.

Et puis il y a eu, c'était prévisible vu la météo, cette bascule de vent qui nous a obligés à empanner en urgence. Je sais pas comment on a fait notre compte, le vent s'est remis à souffler depuis la terre – il était fou ce jour-là, sans régularité, on ne pouvait pas se fier à un cap –, et le 420 a chaviré. Je me souviens d'être tombée dans l'eau glacée, d'être remontée vite grâce au gilet de sauvetage, mais ma tête a cogné contre le banc de nage ou la coque, je n'en sais rien puisque je me suis à moitié évanouie sous le choc. C'est Clarence qui m'a récupérée, a nagé avec moi en longeant la coque pour aller saisir le bout avant – ne pas perdre le bateau, surtout, et attendre qu'une navette nous vienne en aide. Il a fallu un quart d'heure avant que Jacques nous rejoigne avec le Zodiac, décomposé de me voir inconsciente. En réalité, c'était pas si grave, c'était plus un vertige qu'une perte de connaissance. Je me suis franchement réveillée au fond du Zodiac, toujours dans les bras de Clarence, sous l'engueulade de Jacques qui nous traitait d'inconscients et jurait que plus jamais il ne nous laisserait naviguer sans qu'il soit dans les parages. J'ai gardé les yeux fermés.

On a mis du temps avant de rejoindre la plage, parce qu'il fallait tracter le 420. Jacques et Clarence l'avaient remis sur sa dérive, avaient affalé toutes les voiles, relevé le gouvernail. Le mieux aurait été que Clarence reste à la barre pour aider le bateau à suivre le sillage du Zodiac, mais j'ai compris qu'il avait refusé de me lâcher. J'ai gardé les yeux fermés le plus longtemps possible, savourant la proximité du corps de Clarence, ses bras qui m'entouraient. J'aurais aimé que disparaissent nos gilets de sauvetage pour sentir son corps contre le mien. À chaque fois que la corde se tendait entre le dériveur et le Zodiac, l'à-coup provoquait un mouvement de nos deux corps, et il me semblait que nous n'en faisions qu'un.

J'ai fini par ouvrir les yeux.

— Ben c'est pas trop tôt, a tonné Jacques.

Il était soulagé, je l'ai senti malgré sa mauvaise humeur.

— Ça va ? s'est inquiété Clarence, et son torse s'est décalé de mon dos.

J'ai acquiescé, émue. On a sauté à l'eau avant que le moteur ne risque de toucher le sable.

— Bougez-vous, la marée monte.

Les gestes retrouvés, on a tiré le 420 le plus haut possible sur la plage, tandis que Jacques s'occupait du Zodiac.

Lourde d'eau salée dans mon pull marin, la tête encore bourdonnante et le visage constellé de sable, j'ai regardé Clarence avec reconnaissance. Il fallait que je lui dise. Ça faisait si longtemps qu'on se tournait autour, qu'on passait notre vie ensemble. Ça faisait des années qu'il avait cette délicieuse habitude de me regarder toujours un peu plus que nécessaire, qu'il sortait avec des filles qui n'intégraient jamais la bande et qu'il plaquait au bout d'une semaine. Et qu'il me racontait ensuite. J'adorais l'entendre se moquer d'elles, tout en les jalousant d'avoir été dans ses bras, même un temps limité.

Je me suis accrochée à son gilet de sauvetage, ai collé mon visage dans son cou, courage fou. Les gestes sont souvent plus bavards que les mots. Il m'a serrée avec tendresse et j'ai pensé que c'était maintenant, le grand moment, celui que j'espérais depuis notre rencontre, et plus précisément ces deux dernières années. Et je l'ai eu, mon baiser. Les lèvres de Clarence, son visage si près du mien, sa langue encore salée d'avoir bu un peu d'eau de mer. J'aurais aimé qu'il se prolonge, ce baiser, mais Clarence l'a interrompu pour m'entraîner vers la cabane de plage, celle où les voiles sont rangées, les gouvernails en éventail le long du mur. Ses gestes étaient précis, sans hésitation, alors que je tremblais de partout. Je ne voulais pas qu'il aille si vite, c'était notre moment, il fallait le faire durer, mais j'étais incapable de lui dire ou même de lui faire comprendre, pensant que la vitesse valait pour de la fougue, une urgence retenue depuis longtemps. L'odeur du sel, des tissus mouillés, du néoprène dégoulinant sur un portant au-dessus des voiles, je me rappelle m'être dit que ce serait un souvenir exceptionnel. Que ces odeurs de mer et de moisissure m'évoqueraient toujours notre première fois et que certaines odeurs deviennent douces associées à du bonheur. Clarence m'a aidée à retirer mes fringues mouillées, lui n'a retiré que son short et son maillot de bain, il a gardé son tee-shirt. Comme j'essayais de lui enlever, il m'a saisi les poignets, m'empêchant de le mettre à nu complètement. Il m'a couchée sur les voiles, s'est couché sur moi qui l'ai accueilli entre mes cuisses. J'avais si souvent rêvé de faire l'amour avec Clarence que je ne pouvais pas ne pas aimer ce qui se passait. J'ai eu un peu mal, parce que c'était ma première fois, mais j'étais tellement persuadée d'être à l'orée d'une relation exceptionnelle, tellement sûre de vivre des instants magiques, que j'ai remisé la douleur pour offrir à Clarence un visage radieux. Il fallait que la réalité colle à mes rêves. C'est allé vite, très vite. À un moment, j'ai eu l'impression de nous regarder depuis l'extérieur, nos mouvements qui s'accordaient moins bien que sur le 420, et mon corps nu, le sien qui bougeait trop vite. Je me disais qu'on devait être beaux, et en même temps je n'y étais plus. Je crois que je savais que quelque chose clochait – mais je peux me tromper, peut-être que je n'en savais rien, que je me vois plus futée, après coup. N'empêche, c'était pas le plaisir que j'avais imaginé, loin de celui que je savais provoquer toute seule, en pensant à lui. J'aurais aimé plus de douceur, de regards. Qu'on prenne le temps. Forcément, c'est jamais comme on imagine, mais j'aurais voulu qu'il sente mon émotion, qu'il écoute mes tremblements, et comme j'étais perdue. Et surtout comment, alors même qu'on était en train de faire l'amour, qu'il était en moi et que nos peaux encore salées se collaient, on pouvait être soudain si loin l'un de l'autre.

C'est drôle, mes souvenirs sont flous, comme si j'avais voulu les embellir et que ma tête avait choisi de gommer certaines choses pour en magnifier d'autres. Je sais que ça n'a pas duré très longtemps, du moins c'est ce que j'ai pensé, et surtout il n'y a pas eu, comme je l'espérais, d'instant de complicité, de caresses tendres. On ne s'est pas attardés sur les voiles, il n'y a pas eu de baisers gênés, de ravissement, de sourire idiot.

Clarence a remis son maillot et, voyant que toutes mes fringues étaient trempées, il est sorti pour aller me chercher une serviette.

Cet instant-là, je m'en souviens très bien, beaucoup mieux que du reste. Seule, sonnée, j'ai ramené mes genoux vers mon menton, essayant de faire le tri entre ma joie et ma déception.

La joie l'emportait. C'était notre première fois, c'est rarement parfait une première fois, je le savais. Après ce serait mieux, évidemment, et puis il fallait qu'on se découvre. La tendresse aussi ça viendrait, je lui apprendrai, il y avait de la pudeur en lui – la preuve, il n'avait pas osé enlever son tee-shirt.

— Hey, tu rêves ?

J'ai souri à Clarence qui me regardait, pendu d'une main au chambranle de la porte. Il m'a jeté la serviette et a filé sur la plage.

Je suis restée encore une minute ou deux le cul dans les voiles, remuée. Voilà, j'avais fait l'amour pour la première fois et en plus, avec Clarence. Joyeux anniversaire, Emma.

Quand je suis enfin sortie pour rejoindre Clarence sur la plage, il s'était rhabillé. Il est venu vers moi, a ouvert les bras et m'a serrée fort, avant de me secouer ensuite comme un vieux copain, me mettant à distance au bout de ses bras tendus. Il avait son petit sourire de travers. Quelque chose déconnait, m'échappait complètement. Mon cœur est remonté dans ma gorge. Il a touché ma blessure à la tête du bout des doigts.

— Laisse-moi te regarder. On dirait que ça va, t'es pas trop amochée. Tu vas pouvoir pécho des tas de mecs.

J'ai souri – un réflexe. J'étais aussi ahurie que révoltée. C'est pas comme ça que ça devait se passer. J'ai porté les doigts à mon crâne, là où une bosse douloureuse avait pris forme. Mon sourire s'est transformé en grimace, une pauvre diversion pour cacher ma déroute.

— Merci.

— De quoi ?

— De m'avoir sortie de l'eau.

C'est tout ce que j'ai été capable de dire. Et j'ai serré les dents pour ne pas me mettre à chialer.

— Bah c'est normal, t'aurais fait la même chose pour moi. On est une équipe.

Cette assertion comme un baume à l'acide. L'enthousiasme pire qu'un coup de poing. Comme si rien ne s'était passé. Comme si ça n'avait aucune importance. Je me suis sentie tellement minable.

J'ai jeté la serviette dans le sable et me suis habillée devant lui, comme par défi. Puis j'ai pêché mon portable au fond de mon sac pour appeler ma mère. Qu'elle vienne me chercher, que cette journée disparaisse, qu'elle n'ait jamais existé. Je haïssais mes quinze ans, je haïssais Clarence, j'aimais Clarence, je voulais annuler cet abandon dans son cou, dans la cabane, cet aveu ridicule. Je lui ai fait un signe de la main, retour à la normale, levé les yeux au ciel quand ma mère s'est inquiétée au bout du fil, pour le faire sourire. Rien n'avait eu lieu, sauf un naufrage. Clarence en sortait comme un héros, moi avec une bosse dans le crâne.

Ça aurait pu s'arrêter là. Ça aurait dû, peut-être.

J'ai réussi à convaincre ma mère qu'il était inutile de m'amener aux urgences. J'allais bien, tout allait bien, je n'avais même pas eu le temps d'avoir peur.

— Mais le moniteur vous a laissés partir seuls !

Hors de question qu'elle taille Jacques en pièces, je l'empêchai d'imaginer le moindre recours en justice, ça va pas la tête, je lui disais, il nous a tout appris, laisse-moi juste me reposer. J'ai passé un long moment sous la douche, l'eau brûlante, le secret ressassé dans la solitude, les yeux fermés, je ne crois pas avoir pleuré. J'étais trop sonnée pour ça.

Après quelques heures de sommeil, j'ai été réveillée par la voix de ma mère, au salon, qui riait à pleine gorge. C'est pas souvent, alors j'ai été surprise. La voix de Clarence, le rire de ma mère. J'ai tendu l'oreille, me suis levée pour écouter, ma porte entrebâillée sur leur conciliabule. Elle le remerciait, il la complimentait sur je ne sais quoi, charmeur comme il savait être. Elle l'interrogeait sur notre virée matinale, le danger, on était vraiment des têtes brûlées, il fallait qu'on se calme, tout de même. La voix douce, même pas en colère, et Clarence qui promettait, bien sûr madame, je vous promets – solennel, innocent. Ma mère, de nouveau :

— Tu veux monter voir Emma ?

J'ai couru jusqu'à mon lit, plongé sous ma couette encore chaude. Clarence n'était jamais entré chez moi, juste dans le jardin pour venir me chercher et, une ou deux fois, il m'avait attendue dans l'entrée avec Sam. Il a frappé à la porte, a chuchoté :

— Emma ?

— Entre.

Sous la couette, j'étais en culotte, avec un tee-shirt informe gagné lors d'une régate. Je ne risquais pas de sortir.

— Ça va ?

Il s'est approché, s'est assis sur le bord du lit. C'était bizarre, vraiment. J'attendais qu'il lève la tête et détaille ma chambre, j'étais inquiète de ce qu'il en penserait, de mes posters, des trucs un peu anciens que tu laisses sans trop réfléchir et dont la niaiserie te saute aux yeux quand d'autres yeux s'y posent. Mais il n'a pas regardé les murs, scruté les alentours de mon ordinateur, le bordel sur le bureau, les photos épinglées. C'était intense et j'avais la trouille, en même temps qu'une joie dingue à le sentir là, revenu si près, dans mon intimité. Peut-être que. En fait.

— Ça va mieux, j'ai dormi.

— Ah ! c'est cool.

Il semblait se concentrer, doser son effet. Mon cœur battait à plein régime, trop fort, trop vite.

— Emma, faut que je te parle.

J'ai attendu, silencieuse, qu'il se décide.

— Par rapport à ce matin, je suis désolé de ce qu'il s'est passé.

Qu'il se taise. Putain mais qu'il se taise. Je voulais bien faire semblant, enterrer mes émotions et reprendre le fil de notre amitié, mais pas l'humiliation des regrets.

Pas être une erreur. À cet instant-là, je lui en ai vraiment voulu.

— De quoi tu parles ?

— Tu sais très bien de quoi je parle. On est amis, je t'adore. Franchement, t'es ma meilleure amie. Mais je veux pas autre chose.

J'ai haussé les épaules, l'air de pas savoir de quoi il parlait. Je me suis dit qu'il aurait pu y penser avant de me baiser à la va-vite dans la cabane mais j'ai rien dit. Je voulais pas qu'il me voie comme revancharde ou victime. Mon visage me brûlait terriblement. J'aurais voulu lui hurler de dégager de ma chambre, que je ne voulais plus jamais le voir, mais c'était faux. Même s'il me broyait le cœur, je ne cesserais pas de l'aimer pour autant, du moins je le pensais. J'avais tellement honte. Il a pris de l'assurance, m'a souri en grand.

— T'es super jolie, Emma.

La pitié à présent, c'était de pire en pire.

— Tais-toi, c'est bon. J'ai pas besoin de tes compliments.

— T'es en colère ?

— Non, je veux juste que tu t'en ailles. J'ai mal au crâne.

Ma seule envie était qu'il m'embrasse et qu'il ne s'arrête pas, qu'il me caresse de nouveau en prenant le temps, et c'était une envie si ancienne qu'elle faisait partie de moi. Il me l'arrachait sans anesthésie, et ça faisait un mal de chien. Clarence avait besoin de briller comme un soleil. Il avait besoin qu'on l'aime. Il avait besoin que je l'aime, même s'il était incapable d'aimer en retour. Il entretenait mon désir à coups de regards appuyés et d'évidences, il était capable de me baiser dans une cabane de plage, mais il ne voulait pas autre chose. Il a fait cette tête qui faisait craquer toutes les filles, m'a suppliée du regard, tellement sûr de lui.

— Je tiens trop à nous, Emma, à notre amitié. Ça risquerait de foutre en l'air ce qu'on a, tu comprends ?

Il s'est levé, je le trouvais toujours aussi beau et ça m'a rendue dingue. Je ne voulais pas perdre la face, je ne voulais pas, moi non plus, perdre ce qu'on avait.

— En restant amis, on se perdra jamais, il a plaidé.

Et pour la première fois, j'ai entrevu son manque de courage.

— À demain, j'ai lâché sobrement, avant de me tourner vers le mur, enroulée dans la couette.

Après son départ, je suis restée un long moment les yeux secs et grands ouverts, à réentendre sa voix, ses mots, à m'en faire mal. C'était l'anniversaire le plus pourri de ma vie, et pourtant j'en ai plus appris sur le monde et moi-même ce jour-là qu'en plusieurs années. Bim, apprentissage en accéléré. Quinze ans, c'est vraiment de la merde.

Après ça, j'ai fait semblant de rien. Élise et Sam ont eu droit au récit de notre dessalage en mer, de mon évanouissement, du courage de Clarence qui m'avait sauvée de la noyade, mais pas de la suite. Ils ont continué de se moquer gentiment, d'*attendre qu'on se décide*, comme ils aimaient le dire pour nous mettre mal à l'aise. Je l'étais de moins en moins. Clarence, je n'en sais rien. Par la suite, j'ai eu plusieurs histoires sans intérêt avec des types qui ne m'intéressaient pas. Je me suis accrochée à la promesse d'une amitié éternelle et spéciale pendant encore longtemps. Et puis Victor est arrivé.

DOUZE

Certains adultes trouvaient ça dangereux, de nous laisser partir en voilier une semaine. Il a fallu plaider, rappeler que nous avions tous dix-sept ans révolus, et que Victor venait de fêter ses dix-huit. Lui qui avait redoublé la quatrième était majeur et responsable, nous étions d'excellents navigateurs. On ne peut pas dire que Victor se réjouissait à l'idée d'une semaine en mer.

— C'est non. Je vous attendrai ici, tranquille.

— Déconne pas, ça va être génial, insistait Sam, qui s'entendait de mieux en mieux avec lui.

— Génial ? Tu parles. Se prendre des seaux d'eau dans la figure, et puis cette histoire de quarts…

Clarence s'en est mêlé, toujours moqueur :

— C'est sûr que c'est pas le petit confort comme à la maison, hein. Faut mouiller sa chemise.

Victor ne manquait pas de courage, mais il connaissait ses limites, la marée n'était pas une alliée, les coefficients étaient du chinois pour lui. Il n'avait pas grandi comme nous au bord de l'océan, se méfiait de sa puissance, de ses humeurs, du vent qui, pour nous, était promesse de vitesse. Clarence tentait toujours de réduire la prudence de Victor et ses goûts à une petitesse de vue, un manque d'audace ou de vaillance. On s'en rendait compte et ça nous mettait mal à l'aise, du moins je crois que ce ressenti était partagé. Sam regardait ailleurs, le visage crispé, Élise fronçait les sourcils. Victor était le révélateur d'un aspect de Clarence qu'on aurait préféré ne pas connaître.

— Et puis le mal de mer, a ajouté Victor, faisant comme s'il n'avait pas entendu la pique de Clarence.

— On a des cachets pour ça, et ça passe au bout d'un moment, j'ai dit pour le rassurer.

Il m'a souri, reconnaissant. J'aime penser qu'il était vraiment tenté, qu'il en avait vraiment envie, au bout du compte. Que ce n'est pas notre insistance pénible qui a eu raison de ses résistances.

— Tu vas voir, ça va être génial.

— C'est magique, de naviguer en pleine mer.

— Et la nuit ! Les étoiles, la liberté !

— Si ça se trouve, on verra des dauphins.

— Et des requins, a ajouté Clarence, perfide.

— Des requins ? s'est étonné Victor. En Bretagne ?

— T'as pas entendu l'histoire de la meuf qui est descendue en plongée sur une épave ?

On a tous frissonné.

— C'était pas en Bretagne ! s'est écriée Élise.

Clarence n'inventait rien, on avait suivi l'histoire de cette fille qui s'était fait arracher la jambe par un grand blanc. Elle était morte, vidée de son sang. Le type qui plongeait avec elle avait dû la voir se faire attaquer et il était remonté comme un dingue jusqu'à leur voilier, tellement affolé qu'il en avait oublié les paliers de décompression, du coup, il avait fait une embolie pulmonaire. Les survivants, ceux qui étaient restés sur le voilier, avaient témoigné au journal télé. On s'en souvenait tous, ça avait alimenté nos discussions pendant un bon moment, on se faisait peur à chaque sortie en mer, depuis. Mais c'était pas en Bretagne.

— T'abuses, Clarence, c'était à la Réunion.

— Celle-la peut-être, mais y a aussi la meuf qui s'est fait attaquer vers New York, et c'était une zone où d'habitude, y en a pas. Avec le réchauffement climatique, les requins, ils migrent…

Il nous a regardés d'un air sérieux, évaluant sa crédibilité sur nos visages plus ou moins inquiets. Pour être honnête, ces histoires d'attaque de requins ne nous ont jamais fait reculer, on aimait bien s'imaginer des choses, des risques fous. Au fond, c'était comme les légendes flippantes qui alimentent peur et désir à la fois. Victor a éclaté de rire – ça lui allait bien, le rire. Le rire révélait des fossettes enfantines dans son visage pourtant anguleux, et faisait briller ses yeux.

— Génial, ça donne super envie vos histoires. Maintenant je suis bien rassuré.

— L'écoute pas, Victor ! Même si on en voit, on va pas aller se baigner avec eux, hein. Et puis dans le coin, c'est surtout des pointes noires. En revanche, toi qui aimes la photo, tu vas être servi. Des lumières de ouf, des nuances de bleu, de gris, de vert.

Élise l'attrapait par le bon bout, je l'ai compris tout de suite et j'ai enchaîné sur la même partition.

— Mais oui, et puis tu pourras même nous prendre en photo à la manœuvre, ça fera des souvenirs dingues.

L'idée du reportage et l'évocation des lumières faisaient leur effet et leur chemin, on avait tapé juste.

— Ça peut être pas mal, il a finalement lâché.

Le regard flou, il se mordillait la lèvre. Il a plongé la main dans sa poche, on a deviné qu'il attrapait son appareil, comme pour palper la réalité du projet.

— Alors tu viens ? a insisté Sam, joyeux.

Il y avait la question du bac, dont les premières épreuves auraient lieu après les vacances de Pâques. C'était notre argument, justement : vu le bon niveau qu'on avait tous maintenu, on méritait bien une semaine de détente avant le début des épreuves. On avait tous réussi haut la main celles de français l'année précédente – y compris Victor, dans son ancien lycée.

C'était aussi pour ça qu'on travaillait : notre niveau scolaire nous offrait la tolérance parentale en cas de requête spéciale. Cette semaine en voilier en était une, et de taille. Une fois écartée là question du bac, qu'on décrocherait sans problème tous les cinq, restait celle du danger. Et là, notre pratique intensive de la voile nous offrait un boulevard en termes d'argumentation.

Le Céladon, on l'avait déjà pris pour des sorties à la journée, on le connaissait bien, et jamais les grands-parents d'Élise n'avaient eu à se plaindre de quoi que ce soit. On était méticuleux jusque dans la façon de rouler les voiles sans plis, attentifs à laisser le carré propre et rangé, la nourrice du moteur rechargée, à ne pas emberlificoter les drisses le long du mât. Un équipage au poil, des promesses de prudence plein les sourires. Dès que les grands-parents ont cédé, tous les autres ont suivi. Ma mère, mon père, les parents de Sam. Le père de Clarence a toujours laissé son fils faire ses choix, alors il n'a même pas eu besoin de batailler, et la mère de Victor, heureuse de le voir s'intégrer à un groupe d'amis, a carrément insisté pour qu'il vienne avec nous.

On s'est occupés de tout : les courses pour la semaine, les stocks d'eau potable, les cartes. Ah, et puis avec les cartes, l'itinéraire, parce qu'il nous fallait un but, un point au bout de la route, qui impliquait un aller et un retour. Ce but était essentiel, transformait une balade en épopée. On s'était vite mis d'accord : ce serait l'Irlande.

Les parents auraient préféré l'Angleterre, plus proche, mais sur une semaine, on avait le temps de la contourner et de filer jusqu'à Kilmore Quay, Kinsale ou Ardmore. Ou Cork, le plus gros port de la côte, auquel accostait les conteneurs et les ferries, pourquoi pas ? On se faisait rêver avec le nom des villes, qu'on égrenait comme des mots magiques.

— L'Irlande ? s'est émerveillé Victor, enfin. Je viens !

On savait que la navigation pouvait être rude, c'était pas la Méditerranée, les criques dorées, la bronzette sur le pont. Mais c'est ça qu'on aimait, et qui nous faisait envie. Il y avait du défi dans ce projet. Boire une bière dans un pub irlandais, *Le Céladon* dormant une ou deux nuits dans un petit port côtier après deux jours en cirés à affronter une mer houleuse, c'était l'idée qu'on se faisait d'une putain de belle aventure.

Le jour du départ, seuls les grands-parents d'Élise, la mère de Victor et mon père étaient là. Les autres bossaient depuis tôt le matin. Ma mère m'avait appelée la veille, pleine de recommandations. Sa voix tremblait d'inquiétude, mais je crois que j'avais réussi à la rassurer. Mon père me regardait avec une sorte de nostalgie. Partir sur un voilier n'a rien à voir avec un départ de pêche, mais il y a, dans les deux cas, cette émotion de quitter la terre, cette aventure toujours renouvelée du large. Je sais qu'il y pensait. Peut-être que ça lui manquait, depuis qu'il était au chômage, je ne lui avais jamais demandé. Les adultes nous observaient à la manœuvre avec beaucoup d'attention. Nous avons d'abord fait comme s'ils n'étaient pas là, investis d'une fierté contagieuse à prendre le large. Je me souviens de mon excitation, une boule au ventre qui irradiait dans tout mon corps, me donnant une énergie folle. En revanche, je ne me souviens pas de l'état d'esprit de Victor ce matin-là. Il était aussi excité que nous, je crois. La côte irlandaise, ses brumes et sa Guinness avaient bien pesé dans la balance. J'aime à croire que notre enthousiasme avait grignoté ses inquiétudes et qu'il entrait dans l'aventure avec autant de joie que nous – ça nous relève un peu de notre culpabilité.

Quand *Le Céladon* s'est éloigné du quai, son Zodiac en laisse derrière lui, nous avons salué, bras levés, les adultes qui nous regardaient partir. Le grand-père d'Élise a passé un bras autour de la taille de sa femme, et j'ai vu Élise sourire, fière de leur regard. Aux grands gestes d'au revoir un peu excessifs de la mère de Victor nous avons tous répondu, sauf Clarence, élu capitaine par évidence, sans interrogation ni vote. Lui s'est contenté d'un mouvement de la tête et d'un sourire tordu. Personne n'a crié, nous avons effectué la manœuvre de sortie du port sans le moindre heurt, consciencieux et concentrés, avant de doubler le phare, à la sortie de la passe. Là, les vagues étaient déjà plus vives, le vent a gonflé nos voiles, et nous avons exulté en hurlements sauvages. Même Victor semblait joyeux. *Le Céladon* dansait, filait, tranchait l'eau comme un couteau aiguisé dans le ventre d'un poisson.

Si pleins de notre arrivée triomphale prévue en terre d'Irlande, je dois avouer que nous pensions peu au retour et aux vents contraires. Notre amitié n'avait jamais été aussi vivace, on s'échangeait des regards intenses avant de reporter nos vues sur l'horizon liquide, repus de cette gratitude particulière envers la vie qu'il nous aurait été difficile de nommer. On était heureux, je crois.

TREIZE

Victor émerge des toilettes, d'une pâleur affolante. Les mouvements du bateau ont pris une forme de régularité, maintenant que toute la mâture a été arrachée. En revanche, souvent mais sans rythme, le mât inutile vient cogner dans la coque à bâbord, toujours tenu par les haubans et les drisses emmêlées. Chaque coup nous fait sursauter, menaçant de trouer notre refuge.

— Va te reposer, Emma. De toute façon, on est coincés ici jusqu'à ce que ça s'arrête et que les secours arrivent.

Je remercie Élise d'un pauvre sourire.

— Victor aussi devrait se reposer, c'est lui le plus mal en point.

— Non, ça va, tente l'intéressé.

Sa voix d'agonisant dit tout le contraire, ça a le mérite de nous faire doucement rigoler. Pas trop, juste le petit rire désespéré des situations en cul-de-sac.

— On est tous épuisés, j'ajoute, lançant un coup d'œil éloquent vers Sam qui tremble encore.

Nos corps sentent le bateau monter en haut des crêtes et redescendre comme dans une attraction de fête foraine. Je comprends que Victor soit malade, même moi qui suis habituée, je sens les turbulences, mon corps s'affole. Et puis il y a la peur, que je refoule aux limites de ma conscience. Ne pas la laisser s'installer, l'empêcher de me dévorer toute crue. Si l'un d'entre nous se laisse gagner, ça va se propager.

Victor vient s'asseoir près de moi. Il prend ma main et la serre dans la sienne, ne la lâche pas. Ça me fait un bien fou, des picotements de chaleur me remontent le long du bras, puis m'irriguent entièrement. On ne va pas mourir. On va survivre à ça.

Comme pour me contredire, le mât vient cogner si violemment la coque que Sam pousse un cri, un glapissement plutôt, en écho à nos peurs à tous. Dehors, par les hublots, on ne voit pas grand-chose. La nuit est sombre, sans lune, l'eau presque noire. Les vagues semblent nous submerger parfois, mais *Le Céladon* tient bon, petit bouchon fou sur l'océan. La pénombre du carré n'est pas rassurante. Je me lève, lâche à regret la main de Victor pour aller chercher les lampes nomades qui fonctionnent sans électricité, rangées dans le placard sous l'évier. On doit tenir cette nuit. Je ne sais pas pourquoi je m'accroche à cette idée : tenir la nuit. Peut-être qu'à la lumière du jour la situation nous semblera moins terrible, peut-être que j'imagine une accalmie sous le soleil, même poussif. Ou simplement la nécessité de me fixer une limite, un but. Les lumières nous aideront à tenir, ça semble dérisoire, mais je ne lâche pas l'objectif. Je fouille dans le placard, accroupie, écoute la poussée des vagues. La voix d'Élise stoppe mes mouvements.

— Il est toujours là-haut ?

Coincée dans ma gorge, la réponse ne sort pas. Parce que le rictus immonde de Clarence ne m'a pas quittée depuis que la frontale a balayé son visage sur le pont, tout à l'heure.

— Oui, répond Sam. Les nœuds ont tenu.

Ma main se pose sur le globe lisse de la première lampe, l'autre est à côté. Je les allume, les tends vers mes amis comme si ça pouvait chasser la présence du cadavre, au-dessus de nos têtes. Et le danger. Nos visages apparaissent dans la lumière – douce, presque feutrée. La peur s'y dessine nettement, la fatigue aussi. Je ne l'avouerai pas aux autres, mais je rêve des bras de ma mère, un jour de fièvre sans école. Roulée en boule sous une couette chaude, entendre ses pas monter les marches jusqu'à ma chambre avec un bol de soupe ou de n'importe quelle mixture, même dégueulasse, curative. Sentir sa main sur mon front, l'autorisation à l'abandon. M'endormir sans rien prévoir, n'avoir aucune décision à prendre.

Le temps s'étire dans le carré, nous ne parlons plus. Sam a réussi à s'assoupir, affalé dans un angle de la banquette. Victor a posé sa tête sur la table mais il ne dort pas, je vois sa glotte monter et descendre à toute vitesse.

Ne pas pouvoir agir est pire que d'être au danger comme on l'était tout à l'heure avec Sam. Faire quelque chose suspend la peur, donne un but, l'impression de lutter. Ici dans le carré, nous sommes prisonniers, sans forces, victimes et attentistes. C'est mille fois plus angoissant que l'action. Élise rumine, et nos regards se croisent. J'ai l'impression qu'elle ressent la même chose que moi.

— On retente la radio ? propose-t-elle.

Une grande gratitude me traverse. Faire quelque chose, tenter l'impossible, appeler à l'aide. La radio, évidemment. Je souris à Élise, nous nous comprenons, je le sais. Elle aussi est incapable de s'assoupir pour l'instant, tant qu'il lui reste de l'énergie. On relance le signal d'appel. Penchées au-dessus de la table des cartes, on écoute la radio émettre des grésillements et une voix en sortir, trop brouillée pour qu'on en saisisse les mots, ce qui nous tire quand même des grognements de joie. Elle n'est pas foutue ! La radio n'est pas en rade, c'est juste le signal qui était coupé. Minuscule victoire, mais c'est déjà ça. Je triture les boutons, l'oreille tendue vers la voix qui reste inaudible. Élise se mord la lèvre. Ses boucles émergent de chaque côté du bonnet qu'elle n'a pas retiré, de minuscules anglaises serrées sur lesquelles j'ai toujours aimé tirer, pour l'énerver et pour rire avec elle. M'émerveiller de leur texture, moi qui ai les cheveux raides et drus, truffés d'épis. Je m'accroche à ces petits ressorts souples comme un rappel du vivant et de l'insouciance. Je ne sais pas si Élise comprend, mais je crois bien que oui, parce qu'elle m'offre un sourire lamentable et chaud. La voix devient plus claire, le timbre est monocorde et tendu, les mêmes mots reviennent. C'est de l'anglais ! Ça veut dire qu'on a dérivé dans l'autre sens. Élise et moi le parlons bien, mais c'est autre chose de comprendre des bouts de mots hachurés. On dirait que la voix ne s'adresse pas à nous, mais fait une annonce générale à tous les bateaux susceptibles de capter la ligne.

— Ils disent que la tempête continue, c'est bien ça ?

J'acquiesce, appuie sur le bouton qui devrait nous permettre de communiquer à notre tour, mais je ne suis pas sûre que ça marche. Et j'ai beaucoup de mal à expliquer notre situation. La voix semble écouter, je m'affole et répète, en boucle, que nous avons besoin d'aide. Je ne sais pas comment leur expliquer que nous avons perdu le mât et le cap, je ne connais pas les mots en anglais. L'espoir me ceinture et rend la situation encore plus folle. La gorge serrée, j'attends la réponse des Anglais. Élise a fermé les yeux, je ne sais pas si c'est pour mieux se concentrer ou si elle retient des larmes. La voix revient, je crois comprendre qu'ils ne peuvent pas venir. La même réponse que les Français. Je reprends le micro, coupe la voix pour expliquer qu'ils ne peuvent pas nous laisser tout seuls, l'envie est forte de leur dire que nous sommes des *enfants* mais je me retiens, qu'est-ce que ça changerait ? Et puis j'aurais honte. Nous ne sommes pas des enfants, même si nous sommes démunis. N'importe qui le serait. Je relâche le bouton, attends une réponse qui ne vient pas. Ça crachote, siffle, un larsen nous fait grimacer, puis le grésillement reprend, plus bas, avant le silence.

— On est repartis dans l'autre sens ? demande Victor, ce qui confirme qu'il ne dormait pas.

Sam, en revanche, a plongé profondément dans le sommeil ; je l'envie.

— La tempête nous a rabattus vers les eaux anglaises, oui.

Au fond, ça ne devrait pas avoir tant d'importance que ça, d'être sauvés par les gardes-côtes anglais ou français, mais comment être sauvés, puisque la capitainerie anglaise ne nous connaît pas, et que je n'ai pas eu le temps de leur communiquer notre position. Élise serre les dents, mais ça ne suffit pas : ses yeux débordent. Des sanglots silencieux et terrifiés la secouent, en plus des inclinations violentes du *Céladon*.

Nous sommes seuls.

QUATORZE

La première fois qu'Élise a embrassé Sam, c'était à l'issue d'une régate. Ça ne se voyait pas qu'ils se tournaient autour, vu qu'on passait notre vie ensemble tous les quatre, et qu'on était tous amis. Et c'est pas Sam qui se serait lancé. Trop timide, trop rêveur, pas assez concentré sur la question. Sam faisait des blagues, il était celui qui fait rire. Dans un groupe, une fois que les rôles sont assignés, c'est compliqué de faire bouger les lignes, les perceptions. Alors voilà, Sam était lunaire et drôle. Souvent à l'affût de l'effet de ses vannes sur Clarence, qui restait notre référence, lumineux et tout-puissant.

Élise et moi, on a toujours refusé d'être comme ces cruches qui s'échangent des serments d'amitié et se racontent leurs moindres émotions en gloussant et en pyjama. Persuadées de valoir mieux que ça, on mettait notre intelligence au service d'une dureté de façade qui nous semblait mature. Si l'on parlait de ce qui nous touchait intimement, on le faisait avec retenue ou détachement. Tout ça pour dire que s'ils se plaisaient, je n'en savais rien.

Le coup de canon qui lançait la course nous a tous électrifiés, et on donnait le meilleur de nous-mêmes.

En réalité, je ne sais pas si le mordant de la gagne révèle vraiment le meilleur de nous-mêmes, mais disons que question compétition, on y mettait beaucoup d'ardeur, et l'envie de bouffer le monde – et les autres.

Le parcours était simple : trois bouées très éloignées les unes des autres, un Zodiac à proximité de chacune d'entre elles pour comptabiliser les passages, le plus de passages possible. On a fait un beau départ tous les quatre, Clarence et moi légèrement en avance sur Sam et Élise. Nos deux dériveurs ont pris la tête et on a passé la première bouée presque en même temps. Après le deuxième tour, c'était difficile de savoir parce que chaque équipage faisait des choix d'allure différents, des façons de tirer des bords ou de prendre plus large, selon un calcul personnel. On avait fait le nôtre avant la course, doigts dans le sable pour dessiner nos plans, nos prises au vent, nos allures, forces et faiblesses. Un vrai conseil de guerre en combinaison. Il y avait du soleil mais, en mer, il fait vite froid. Clarence jubilait en montant au trapèze, ses cheveux bouclaient sous l'humidité, les bouffées d'embruns. Je lui offrais mes plus beaux efforts, main agrippée fermement à la barre, bordais la grand-voile au maximum. Quand Sam et Élise nous doublaient, on poussait des cris de bêtes sauvages et on faisait tout pour reprendre l'avance perdue. Alors, c'était à leur tour de hurler de rire et de dépit. Clarence et moi n'étions pas systématiquement vainqueurs, mais plus souvent qu'eux. La mer était belle, bleu-gris acier, parsemée du blanc des voiles, nombreuses, pleines de vent. On saluait chaque équipage, encourageant les plus faibles – luxe des gagnants.

Ce jour-là, après trois heures d'efforts et de vitesse, de passages serrés à chaque bouée, nos muscles tendus et nos visages trempés nous assuraient quasiment la victoire. Sam et Élise nous suivaient à bonne allure, mais plusieurs longueurs de dériveur nous séparaient. Les yeux vissés sur nos montres étanches, on savait que le coup de canon qui marquerait la fin de la régate allait résonner sur l'eau dans quelques minutes. Et c'est là que Clarence s'est replié dans le bateau, le harnais toujours accroché aux haubans, m'obligeant à choquer la voile et à nous faire ralentir.

— Qu'est-ce que tu fais ? T'es dingue !

Il s'est fendu d'un sourire sublime et m'a fait un clin d'œil.

— Peut-être qu'aujourd'hui, ce serait bien qu'ils gagnent.

Un peu interdite, j'ai tout de même bordé la voile.

— C'est méprisant, de les laisser gagner, ils sont aussi bons que nous.

— Tu crois ?

J'étais fière que Clarence nous prête l'évidence de la victoire, mais ça me gênait un peu qu'il veuille laisser gagner Sam et Élise, comme des enfants contre qui on triche pour perdre. Le temps de mon hésitation leur a suffi pour nous rattraper et nous voler le vent.

— T'as perdu un pari ? j'ai demandé, le sourire crispé de nous voir devancés dans les dernières minutes.

— Pas exactement, mais je crois qu'ils ont besoin d'une victoire.

On a repris de la vitesse, mais pas assez pour les doubler à nouveau. Le coup de canon a tonné à nos oreilles.

— Pourquoi tu dis ça ?

J'ai dû crier pour qu'il m'entende. Il a pris son air mystérieux et sûr de lui en même temps, comme un gosse content de son coup.

— Regarde !

Et j'ai vu Sam et Élise s'embrasser, leur dériveur arrêté face au vent à quelques mètres de nous. La voile claquait et la bôme tapait dans l'épaule de Sam mais, rien à foutre, ça se voyait que le bateau aurait pu chavirer ou des poissons volants émerger par milliers, rien n'aurait interrompu leur baiser. On est arrivés à leur hauteur et Clarence a chopé le banc de nage, s'est appuyé dessus comme un fou pour les déséquilibrer.

— Mais vous êtes dégueulasses ! Avec la langue en plus, bande de dégénérés !

Ils ont bien été obligés d'arrêter, et on s'est balancé de la flotte à coups d'écope en hurlant.

Clarence avait deviné que le petit frisson de la victoire les aiderait à se décider. Moi, j'avais rien vu. J'étais un peu vexée d'être passée à côté, mais ça m'a impressionnée de la part de Clarence. Parfois, il était comme un maître de jeu qui, en anticipant certains événements, donne l'impression de les avoir provoqués.

Sam et Élise rayonnaient. Une fois rentrés au sec, c'est à Sam que j'ai osé en parler, plus qu'à Élise. Il roulait le foc avec un sourire flottant, regardant Clarence et Élise qui remontaient le reste du matos dans la cabane prévue pour.

— Ça fait longtemps, avec Élise ?

— Aujourd'hui, il m'a répondu, rougissant.

— Mais ça fait longtemps que... Enfin tu vois, quoi. Que vous avez envie ?

Il a haussé les épaules, lancé des coups d'œil sur les côtés pour voir si Élise était encore à portée d'oreilles.

— Je sais pas trop. Moi ça fait un moment, ouais.

Je les enviais. Leur couple, dans notre quatuor, mettait en lumière l'absence d'équivalent pour Clarence et moi.

— Ben arrête de sourire comme un con, parce que c'est pas super sexy.

— T'es jalouse, c'est pour ça que t'es mauvaise comme un cloporte.

— Moi ?

— Ouais, toi. Comme un chacal, même.

— C'est bon, là ? Tu peux arrêter la métaphore animalière, s'il te plaît ? C'est ridicule.

— Teigne.

— Arrête !

Le sourire me gagnait, j'avoue. C'est impossible de s'engueuler avec Sam.

— Ratel !

— Hein ? C'est quoi, ça ?

— Une sale bête comme toi. Elle attaque des animaux beaucoup plus gros qu'elle par les couilles et elle les lâche plus, et clac, elle les vide de leur sang.

— Mais c'est dégueu !

Je grimaçais, déjà hilare. Sam, tête en avant, m'a attrapée par les hanches et m'a propulsée sur son épaule.

— À la flotte, le ratel ! T'auras pas mes couilles !

Et il a commencé à courir pour me jeter à l'eau. En gesticulant, je lui ai mis du sable dans les yeux et on a continué à se battre au sol en rigolant comme des débiles, sous le regard faussement affligé de Clarence et Élise, revenus sur la plage. J'étais heureuse pour Sam, je le jure. Heureuse pour Élise, aussi, heureuse de les voir heureux. Et si je montrais les dents en faisant semblant de vouloir mordre férocement mon plus vieux copain, c'était pour que personne ne voie ma gêne. Si je grognais, à quatre pattes dans le sable, c'était pour faire rire mes amis, pour que personne ne se rende compte que j'aurais aimé que ces victoires soient les miennes : la régate et le baiser. Je n'ai pas évité le regard de Clarence, j'ai ri à pleine gorge tandis que mes larmes coulaient à l'intérieur. Je crois que Sam le savait. C'est pour ça qu'il m'a laissée lui bloquer les poignets. C'est par amitié qu'il m'a laissée gagner.

QUINZE

En pleine mer, nos chances de survie sont nulles, et la mort vient rapidement. J'ai déjà pensé à la mort, évidemment, mais de façon tellement théorique.

Le GPS, s'il marche encore, nous indique que nous sommes loin des côtes. Terrassée par l'échec de communication avec les gardes-côtes, je reviens près de Victor, chercher sa main en nous imaginant couler – coincés dans le bateau ou seuls au monde, nageant dans l'océan glacé. Malmenés par les mouvements des vagues sur la coque, on finit par s'assoupir tous d'un sommeil poisseux, Élise contre Sam, Victor et moi soudés par nos mains, mais les corps éloignés.

— On s'enfonce, là, j'ai l'impression.

C'est Victor qui a parlé, d'une voix si basse et angoissée qu'on aurait dit un autre. On se réveille immédiatement, Sam plus vivement qu'Élise et moi.

— Quoi ?

— Qu'est-ce que tu racontes ?

J'ai été plus agressive que je ne voulais – la peur, encore.

Plus personne ne parle. Nous écoutons nos sensations, la perception du *Céladon* autour de nous, en dessous. On se dit que Victor se trompe, il n'y connaît rien en navigation, tout en nous veut nier. En silence, on attend la prochaine vague, mais ce n'est pas nécessaire. On sait déjà que Victor a raison : on s'enfonce par l'avant, du côté des couchettes. Oh, pas très fort, on n'est pas en train de couler à pic, mais il y a un déséquilibre, c'est certain. Glacée, le souffle court, je m'approche de la porte basse qui nous sépare des cabines et l'ouvre. L'eau monte jusqu'au chambranle de bois, déborde et se répand doucement dans le carré. Nos cabines sont inondées, les toilettes sont inondées. Les toilettes !

Quand je me retourne, le visage de Victor est blême. Il a posé une main sur sa bouche, ses yeux agrandis d'horreur comme dans un film.

— C'est ma faute ! J'ai laissé ouvert quand je suis allé vomir !

Son aveu est touchant, mais ça ne touche personne. Je voudrais bien résister mais, comme les autres, j'ai envie de lui arracher les yeux pour les donner à bouffer aux mouettes. On l'a prévenu pourtant, et plusieurs fois, de l'importance de ce truc-là. L'ouverture sur le fond, c'est aussi l'ouverture du fond vers nous. Mais la colère n'a pas le temps de nous envahir, parce que la terreur domine tout. D'un même mouvement, nos regards se tournent vers les hublots : l'eau monte à mi-hauteur. Un hoquet de terreur bloque mes mots, ma colère n'a plus aucun sens.

Impossible d'écoper, il faudrait ouvrir la trappe qui donne sur le pont, et l'eau des vagues entrerait dans le carré. *Le Céladon* deviendrait un cercueil qui se remplirait jusqu'à nous noyer tous. Impossible aussi d'actionner la pompe, on a embarqué trop d'eau.

— On va crever.

— Ta gueule, Sam.

J'ai été trop brutale mais on ne peut pas se laisser aller, lâcher prise maintenant. Il secoue la tête, hagard.

— J'aimerais que Clarence soit avec nous, il saurait quoi faire, lui.

— Tu crois vraiment ? lui demande Élise, amère. Tu crois vraiment qu'il sait toujours tout faire mieux que nous, mieux que toi ?

— Souvent, chuchote Sam.

— Clarence est bien là où il est.

Mon regard croise celui d'Élise. Je suis stupéfaite par ce qu'elle vient de dire. Soulagée, aussi, par son regard apaisant.

— Peut-être qu'on devrait prendre le canot de secours ?

— Il est mort, le canot de secours, Victor, tu le sais très bien. Et tu sais aussi grâce à qui.

— Je parlais du Zodiac, pardon. On devrait pas prendre le Zodiac ?

On se tourne tous vers Victor. Sa proposition est la meilleure, bien sûr. En tout cas, moi j'y ai pensé, me refusant jusqu'à maintenant à quitter la solidité du *Céladon*. Je le contredis sans y croire moi-même.

— On va être quatre sur un Zodiac en pleine mer déchaînée, Victor. Tu crois qu'on aura une chance de s'en sortir ?

Comme pour me répondre, *Le Céladon* est secoué par une nouvelle vague et semble s'incliner encore un peu plus. Un cri collectif nous échappe. Je m'accroche à la table.

— On n'a plus le choix, putain, s'étrangle Victor.

Personne ne le contredit. Il a raison, sauter dans le Zodiac est la seule chose à faire, et je me dis soudain que, si ça se trouve, il n'est plus attaché à la poupe du voilier. Le filin a pu lâcher dans la tempête, et cette idée me glace littéralement.

— On doit monter.

— On s'habille le plus possible, me répond Élise.

Mais nos affaires de rechange sont dans les cabines du fond, celles qui baignent dans l'eau salée et piquent du nez vers les profondeurs. Il va falloir faire avec ce qui reste dans le carré, sous les bancs.

L'urgence nous saisit et nos gestes sont rapides : rajouter un pull, enfiler nos vestes, cirés, bonnets. Les gilets de sauvetage par-dessus. Maintenant que la décision est prise, il me semble que nous n'aurons pas le temps de regagner la surface, que c'est une question de secondes avant que le bateau coule et nous entraîne au fond.

— Prêts ?

Je tiens la poignée de la trappe, me retourne vers mes amis, au pied de la volée de marches en bois. Je lis sur leur visage la peur de mourir, la sidération. Ils acquiescent, blêmes.

Alors j'ouvre les battants, fais coulisser la porte au-dessus de nos têtes et émerge sur le pont. La lumière du petit matin me surprend, je m'attendais à la nuit noire, mais le temps a passé dans le carré, entre mauvais sommeil et tentatives pour faire fonctionner la radio. Il doit être quatre, cinq heures ? Six, peut-être. Trop d'anxiété pour dénuder mon poignet recouvert de plusieurs épaisseurs et regarder ma montre. Toute mon attention va au Zodiac, qui bringuebale au bout de sa corde, maintenu à l'endroit par le poids du moteur – et par la chance. Victor a saisi la nourrice et me la montre. Élise chope la corde et tire dessus pour faire lentement venir le Zodiac contre l'arrière du voilier. « Voilier » n'est plus vraiment le mot. Sans mât, à demi coulé, *Le Céladon* s'apprête à tirer sa révérence. En constatant l'enfoncement de la coque, je crois qu'on réalise à quel point on a bien fait de sortir. Une vague balaie le pont et l'eau s'engouffre dans le carré par la porte ouverte. L'arrière du bateau se soulève, terrifiant balancier. Élise a posé un pied sur un côté du Zodiac. Elle tient ferme la corde et nous presse, criant fort pour couvrir les vrombissements du vent.

— Vous faites quoi ? Bougez-vous !

Victor est le premier à monter à bord, quittant définitivement le pont du *Céladon*. Sans un regard en arrière, il s'accroupit au fond du Zodiac pour brancher le moteur sur la nourrice. J'attrape Sam par la manche et le tire vers moi. Son visage tout près du mien, il me serre l'épaule avant de s'arracher à ma prise.

— Qu'est-ce que tu fais, Sam ? On va couler !

— Clarence…

Il ne finit pas sa phrase, laisse l'amorce en suspens, les gestes remplaçant les mots, mais je ne comprends pas plus. Sam rampe vers le corps. Un regard vers Élise qui secoue la tête. J'ai l'impression qu'en avançant, Sam va faire basculer l'avant du bateau encore plus fort. C'est ridicule bien sûr, nos poids ne valent rien comparés à celui de l'eau qui entre par paquets alourdir la coque. Et puis soudain je crois comprendre : Sam tente de défaire les nœuds qui entravent le corps de Clarence.

— Je vais t'aider ! je lui crie avant de m'accroupir pour le rejoindre.

J'ai le temps d'avancer jusqu'à Sam avant qu'Élise nous gueule de revenir. Les nœuds sont mouillés, serrés, salés. J'y vais avec les dents, sans regarder le cadavre. Il me semble sentir une odeur de mort, de pourriture, mais je peux aussi l'inventer, ou la redouter.

— Bougez-vous ! Je vais pas tenir !

Un premier nœud se libère tandis qu'Élise continue de nous engueuler – c'est celui qui retient les jambes de Clarence.

On attaque à deux le nœud qui tient le spi enroulé autour de ses épaules. Ça résiste, des sanglots m'échappent : j'en fais une affaire personnelle, tire le démanilleur accroché à mon cou par une lanière de cuir et enfonce la pointe dans le cœur du nœud. Alors, soudain, Élise pousse un grand cri. On se retourne tous les deux, les mains encore occupées sur les bouts emmêlés. Les paumes ouvertes, rouges d'avoir tenu la corde si fort, Élise est pétrifiée.

— J'ai lâché le Zodiac ! Putain j'ai lâché le Zodiac !

SEIZE

Au début, tout était parfait. Quand je dis parfait, ce n'est pas une exagération, une coquetterie, une hyperbole. Non, quand *Le Céladon* a quitté le port, que la côte a disparu et que partout autour de nous s'étendait le bleu-gris de l'océan, on s'est sentis liés par l'euphorie, et une sensation de liberté nous a tous débordés. Jusqu'à hurler dans le vent, se pendre aux haubans ou aller ouvrir les bras à la proue comme dans *Titanic*, un vieux film qu'on avait vu chez Sam.

On cinglait vers l'Irlande, aux commandes d'un voilier. Aucun adulte ne supervisait l'affaire, c'était notre voyage, le premier d'une longue série, on en était persuadés. Clarence rayonnait de joie pure et on pouvait espérer que les tensions avec Victor allaient disparaître dans ce nouveau contexte. On se relayait à la barre tous les quarts d'heure pour jouir chacun notre tour de la pleine puissance – décider des inclinations du *Céladon*. La journée a été merveilleuse. Le vent soufflait, un noroît régulier qui gonflait les voiles, on traçait à bonne vitesse.

Du premier soir, dans le carré, je me souviendrai toujours : Sam et Élise avaient préparé le repas, des raviolis en boîte qui nous semblaient le meilleur plat au monde. On riait pour rien, comme ça, bêtement, entre chaque bouchée. Même Victor, qui avait ressenti très vite les effets du mal de mer, avait l'air de mieux supporter les variations d'allure du bateau. Il avait dormi quelques heures et souriait comme nous, heureux de s'empiffrer de haute gastronomie. Et puis soudain, Clarence a lâché sa fourchette, posé un regard ironique sur lui.

— C'est super, Victor, comme t'as bien dormi cet après-midi, tu vas pouvoir prendre le premier quart cette nuit.

On a rigolé, et Victor aussi, parce qu'il était évident qu'on n'allait pas refiler le premier quart de nuit à Victor, totalement inexpérimenté et clairement inquiet. Le laisser seul en charge du bateau, à la barre, alors que tout le monde dormirait, ça n'avait aucun sens. À la limite, il pourrait être en binôme avec l'un d'entre nous, mais pas dès le premier soir. Pourtant Clarence n'a pas ri. Il a gardé son sourire tordu, nous a dévisagés un à un, c'était presque théâtral, préparé en tout cas.

— Je ne plaisante pas.

— Arrête tes conneries, a grogné Sam, mi-rigolard, mi-effaré.

— J'ai une question pour vous, les amis.

Il ne s'adressait qu'à nous, Sam, Élise et moi, c'était manifeste. J'étais mal à l'aise, je n'aimais pas qu'il exclue Victor d'une façon aussi violente, alors même qu'on avait tout fait pour qu'il se sente rassuré.

— Vas-y, on t'écoute.

— Rappelez-moi qui est le capitaine.

— Hé, ça va, on sait que c'est toi ! a dit Sam en rigolant.

Je pense qu'il sentait, comme nous tous, quelque chose de bizarre et d'inquiétant dans la voix de Clarence.

— Alors quand je décide quelque chose, j'aimerais bien ne pas devoir me justifier auprès de l'équipage.

— Ouais, mais là c'est n'importe quoi, Clarence !

— Tu veux prendre le premier quart à la place de Victor, Emma ?

Je me suis redressée et lui ai envoyé mon regard le plus dur possible, son attitude était flippante, ça ne me plaisait pas du tout. J'ai toujours aimé Clarence, mais je sais reconnaître une attitude de connard. Même en lui trouvant des excuses, je n'acceptais pas de le laisser faire. Ma voix est devenue aussi tranchante que la sienne.

— Oui ! Je prends le premier quart. Tu peux aller dormir, Victor.

Il y a eu un grand silence épais, tendu. J'ai tourné la tête vers Victor, qui n'avait pas l'air étonné, lui. Juste écœuré. Il ne quittait pas Clarence des yeux.

— C'est pour ça que tu voulais que je vienne, hein ? Pour pouvoir me pourrir la vie sur ton terrain.

Sa voix n'était pas hostile, mais épuisée. Clarence a ricané.

— Moi, je te pourris la vie ? Elle est bonne, celle-là. Qui a débarqué chez moi et s'est incrusté partout depuis un an ?

— Qu'est-ce que tu racontes ? a plaidé Sam, ahuri par la violence de l'attaque contre Victor.

— Ta gueule, Sam, ça te regarde pas.

La stupéfaction sur nos quatre visages. Celui de Clarence s'est fermé, il a passé la main dans ses cheveux et a soupiré.

— Excuse-moi, Sam. J'aurais pas dû dire ça.

Puis, comme personne n'a répondu, il a ajouté, la voix soudain enjouée :

— Allez, on se détend. Je vais me reposer un peu. Emma, tu me réveilles après ton quart, tu veux bien ?

J'ai acquiescé sans le regarder, toujours sous le coup de son éclat agressif. On l'a suivi des yeux, jusqu'à ce qu'il disparaisse dans la cabine, referme la porte derrière lui.

Un quart d'heure plus tard, j'étais à la barre. Personne n'avait reparlé après le départ de Clarence. On essayait de faire comme s'il ne s'était rien passé, comme si, en niant l'instant, on pouvait retrouver l'entrain et la magie, sans ombre. La nuit était lumineuse, lunaire. J'oubliais l'incident en laissant remonter l'euphorie. Le vent soufflait et gonflait les voiles, régulier. Je portais plusieurs épaisseurs, jusqu'à mon ciré qui coupait le vent, et je n'avais pas froid. Bonnet enfoncé et foulard sur le nez, seuls mes yeux émergeaient et dévoraient le ciel, les reflets blancs sur l'eau. Victor est venu me rejoindre.

— Hey, t'étais pas obligée.

— Je sais, mais j'avais envie.

Il s'est placé près de moi. Je lui ai laissé la barre, pour qu'il sente le bateau, et la force du truc. J'étais émue.

— C'est dingue.

— Oui, hein ?

— Assez magique, même.

— Totalement.

On s'est marrés, il avait les yeux brillants d'excitation. J'étais fière, comme si c'était moi qui avais créé l'instant, le vent, la découpe de la lune et les paillettes en haut des vagues. Après on s'est tus pendant un bon moment, on a savouré. Je savais que ce silence partagé valait beaucoup. Persuadée qu'il allait me remercier d'être intervenue pour le défendre, je me préparais à lui demander pourquoi Clarence lui en voulait autant. Mais j'ai pas eu le temps.

— Il vous en parle pas, mais à la maison, Clarence en loupe pas une. J'espérais que sur le voilier ça se passerait mieux, mais c'est toujours un salaud.

Ça a tapé un grand coup dans ma poitrine, l'insulte.

— Mais pourquoi ?

En cherchant les raisons, je faisais un premier aveu : l'insulte devait être méritée. Mais je mettais aussi à distance le *comment*. J'avais peur d'avoir les détails. Il a hésité un instant, il cherchait les mots justes, je crois qu'il voulait être honnête mais faisait soudain gaffe à ne pas me braquer, moi qui aimais tant Clarence.

— Je sais pas. J'imagine qu'il avait sa vie avec son père, et son père lui a jamais demandé grand-chose, de ce que j'ai pu voir. Alors quand ma mère et moi on a débarqué, tout a bougé. Je crois que c'est insupportable pour lui.

— C'est plutôt chouette, de se trouver un demi-frère du même âge avec qui partager, non ? Enfin, je sais pas, moi j'ai l'impression que ça pourrait me plaire.

— Peut-être. Mais pas sûr. En fait, je m'en fous. Même si c'est pas confortable pour lui, il est pas obligé de se comporter comme un connard.

— Toi, ça te fait chier d'habiter avec lui ?

— Au début non, j'étais plutôt content. Mais là…

J'avais le ventre noué. Rassurer Victor aurait été comme accuser Clarence. Clarence qui, on venait de le voir, se comportait effectivement comme un connard. Et c'était pas la première fois. Même devant nous, il avait souvent fait preuve de mauvaise foi et d'agressivité envers lui. Le jour de la grande marée, par exemple, même si j'en avais chassé le souvenir parce que je ne voulais retenir de Clarence que ce qui brillait. Clarence que j'aimais tant. Une fidélité absurde, une complaisance presque coupable.

Le sourire de Victor est venu me cueillir par surprise. Son regard cherchant le mien, les lumières sur sa peau, et la magie du voilier qui fendait l'eau.

— Et toi, Emma ? Tu me parles de toi, un peu ?

C'est drôle, je passais ma vie avec Clarence, Sam et Élise. Si on m'avait demandé, j'aurais juré que ces trois-là savaient sur moi tout ce qu'il y avait à savoir et plus encore. Pourtant, dans la question de Victor, il y avait soudain une autre identité possible, une Emma bien cachée qui avait envie de sortir, de se dire, et qui ne savait pas par quoi commencer. Qui se réjouissait qu'on lui donne la possibilité d'émerger. C'était déjà beaucoup. Je crois que c'est là que ça a commencé, avec Victor. La magie du voilier qui filait, ce quart de nuit alors que les autres dormaient, comme un rendez-vous clandestin. Ses questions, sa voix, et la proximité de nos corps. Sa curiosité, surtout, son intérêt pour moi qui avais fini par devenir insignifiante à force de ne pas savoir séduire Clarence. J'avais un statut spécial, oui. Je me délectais d'être la plus proche de Clarence, son bras droit, son amie. Je m'en délectais, vraiment ? Je prenais surtout ce qu'il voulait bien me donner parce que c'était mieux que rien. Et je refusais de le voir pour ne pas tout remettre en cause. Victor venait écarter ma cuirasse d'un sourire, d'une question, mettait à nu ma faim d'amour dévorante. C'était complètement neuf, comme sensation. Les quelques types avec lesquels j'étais sortie n'avaient jamais su m'arracher un frisson. Victor y parvenait. Et ça faisait un bien fou, après toutes ces années de camouflage. Ce n'était pas Clarence, pour la première fois, qui me donnait la chair de poule alors que je tenais la barre.

— On peut se taire, si tu préfères.

Et il s'est posté derrière moi, ses bras glissés sous les miens, ses mains posées près des miennes sur la roue, puis dessus. Avec douceur.

Je crois qu'on est restés comme ça longtemps. Mon cœur tapait fort, je respirais court, haché, avec de soudaines inspirations profondes. Des amorces de rires que je ravalais, mon dos qui brûlait de sentir le torse de Victor. Ne pas bouger, ou peut-être que si. Me laisser aller en arrière, laisser mon poids et les cahots me caler dans ses bras, faire comme si c'était la faute du vent, des mouvements du bateau, *excuse-moi*, le souffle grave, ça ne me dérange pas, reste.

DIX-SEPT

— Vous avez déjà pensé à tuer quelqu'un ?

Sam, Élise et moi, on avait regardé Clarence en fronçant les sourcils, un rire au bord des lèvres. C'était quoi, cette connerie ?

— La prof de maths, j'avais lâché en rigolant.

Mais Clarence avait chassé ma blague d'un revers de main.

Il était très sérieux. On mettait du temps à finir nos bières parce qu'on n'avait plus de thunes pour reprendre une tournée. De temps en temps, on lançait un regard suppliant au serveur en espérant qu'il nous offre quatre demis mais c'était peine perdue, il n'avait aucune envie qu'on s'incruste plus longtemps. Avec nos cheveux pleins de sable et nos tee-shirts blanchis au sel, on n'était pas sa clientèle préférée, c'était manifeste. Clarence se penchait vers chacun d'entre nous, l'un après l'autre, comme s'il espérait trouver dans nos yeux une étincelle qui répondrait à la sienne. Victor n'était pas avec nous, ce jour-là. Quand on avait demandé à Clarence pourquoi ils n'étaient pas ensemble, Clarence avait simplement haussé les épaules, agacé par la question.

Maintenant, il nous lâchait pas avec cette histoire de meurtre.

— Je parle pas de rancœur, je parle pas de quelqu'un de précis, je me demande juste si vous avez déjà pensé à l'idée même du meurtre.

C'est marrant parce qu'à ce moment-là, je me suis dit que le sujet avait été mille fois pensé par un tas d'écrivains, philosophes et adolescents, et je trouvais ça un peu limite de sa part. Pourquoi pas se mettre à la poésie romantique, tant qu'il y était ? Je trouvais ça cliché, mais j'aurais jamais osé le dire. Le penser était déjà transgressif. C'était Clarence, merde. Comme s'il m'avait entendue, il a repris :

— Je sais que je suis pas le premier, mais ça reste intéressant, non ? Parce que quand la question se pose, elle est théorique. Ceux qui l'ont vraiment fait n'écrivent pas de traités sur le sujet.

— Et du coup tu veux vérifier par toi-même ?

C'était Sam, rigolard, qui prenait le relais.

— Et pourquoi pas ?

— Je passe, a lâché Élise avec un sourire fatigué. C'est une question à la con.

— Arrête, Élise, on dirait Victor.

Le ton mordant, le sourire moqueur, Clarence a posé la main sur l'avant-bras d'Élise pour donner plus d'intensité à son propos. Mais Élise l'a coupé :

— Si je ressemble à Victor parce que je trouve que l'idée de tuer gratuitement est une idée de merde, alors Victor est vraiment aussi cool qu'il en a l'air.

— Bon ben déjà, c'est pas à Élise qu'on demandera de l'aide pour cacher le corps ! a rigolé Sam.

— Non mais attendez, a repris Clarence, je suis pas en train de dire que je veux tuer quelqu'un ! Je me demande juste si j'en serais capable. Et si ça

…a faute, Élise. Élise, regarde-moi !
…on regard, lui saisis la main qui n'est
… Sam. Et puis je cherche le Zodiac des
… à l'arrière du voilier, il nous est impos-
…s voir que *Le Céladon* s'apprête à couler
… Le jour, blanc et humide, s'est levé. Nous
… plus au cœur de la tempête et la pluie a
… les vagues sont toujours aussi hautes et le
… déchire les tympans, sous les bonnets. Si
… revient pas, nous sommes morts.
… ! hurle Élise qui lâche ma main pour tendre le

… encore plus loin que je l'imaginais, la taille
…phalange, de là où nous sommes, et ton sur ton
…odiac est en caoutchouc gris. Mais il traîne der-
… lui un minuscule trait d'embruns brassés par le
…ur. Qu'il ait pu dériver aussi loin en aussi peu de
…ps me saisit. Mais il revient vers nous.
…Quitter le voilier avant qu'il ne coule ! C'est la seule
…ose que j'ai en tête. Même la disparition de Victor
… m'affecte pas autant que celle du Zodiac. Pour la
…remière fois de ma vie, je me mets à prier. Tout et
…n'importe quoi, une entité magique, Dieu ou Neptune,
quelque chose ou quelqu'un, vivre encore, je vous en supplie, je ferai ce que vous voulez, mais vivre encore.

— Si le bateau s'enfonce quand on est encore dessus, il va nous aspirer.

La peur de Sam répond à la mienne, j'y ai pensé sans oser le dire tout haut. Les yeux d'Élise s'écarquillent.

— Victor sera là avant qu'on coule.

Je regarde l'enfoncement du bateau, les vagues passent sur le pont presque sans résistance. Le corps de Clarence est immergé à chaque fois, il a glissé vers l'avant. Je nous imagine dans l'eau glacée, avec le

m'arrivait, je sais pas, moi, même par accident, comment je réagirais.

Je me rappelle m'être dit que cette question-là, on ne pourrait jamais y répondre. Il fallait le vivre, en effet, pour savoir quelle réaction on aurait. L'idée de tuer, l'idée caressée sans passage à l'acte, juste pour se faire peur ou tester ses propres limites, même de façon imaginaire, ça ne m'amusait pas plus qu'Élise. C'était comme se demander en frissonnant si on serait capable de découper un corps pour garder le magot comme dans *Petits meurtres entre amis*. Est-ce qu'on cacherait un corps pour protéger un ami, est-ce qu'on saurait se taire toute une vie ? J'aurais bien aimé jouer avec Clarence, mais j'avais la sensation de connaître pleinement l'inanité du jeu.

— Bah moi, je sais que je ne pourrais pas, a lâché Élise.

— Tu pourrais pas quoi ?

— Tuer quelqu'un.

— Et si c'est moi qui avais tué quelqu'un ?

— À la limite, je pourrais me taire, mais pas participer.

Clarence avait éclaté de rire.

— C'est encore pire !

Sam avait passé son bras autour des épaules d'Élise, comme à chaque fois que Clarence poussait Élise dans ses retranchements.

— Et toi, Sam ?

— Moi ? Je t'aide à découper le corps, mon pote. Mon père a une scie sauteuse.

Avec son air de renard dans un poulailler, Clarence s'était enfin tourné vers moi.

— Et toi, Emma ?

— Franchement, j'en sais rien, j'en sais rien du tout.

Et mon ignorance était si peu feinte qu'il n'avait pas insisté.

D

Le Zodiac s'éloigne beau
le temps de voir Victor, à gen
du câble pour tenter d'allumer
deux fois, il va le noyer s'il conti
raît derrière une vague. J'ai envie
et son prénom à pleine voix. Je m'
bloqué dans ma gorge et je tousse viol
du vomissement. Qu'il lance ce putain
revienne nous chercher ! Dans la peur, je
le nœud et j'ai même réussi à le détend
l'arrache des mains et le défait à toute vites
claque à nouveau, presque libre, une partie d
encore coincée sous le corps. On a réussi. Mais

Agrippés l'un à l'autre, on rejoint Élise d
visage grimaçant lutte contre la panique – ou la
de larmes.

— Il va revenir, je lui souffle.

Je ne peux pas envisager qu'il ne revienne pas, ce serait comme accepter de mourir, là, tout de suite.

— Il va revenir, répète Sam.

Élise a les yeux secs mais elle se balance en gémissant, son sac à dos proéminent lui donnant l'air d'une tortue.

corps de Clarence flottant près de nous, et nous encore vivants pour peu de temps. Je chasse l'image, reporte mon attention sur le Zodiac qui disparaît et réapparaît entre les vagues, grossit, se rapproche beaucoup trop lentement, mais se rapproche tout de même. La peur de nous voir aspirés par le voilier me fait envisager d'autres solutions.

— On peut le rejoindre à la nage.

— Je veux pas sauter ! s'écrie Sam.

— Moi non plus, souffle Élise, atone.

— Je sais pas si on a le choix.

J'espère avoir tort. Le Zodiac est à présent suffisamment proche pour que je voie le visage de Victor et sa détermination. Il a les mâchoires serrées, les yeux fixés sur nous. Je le vois changer de cap et manque de me mettre à hurler avant de comprendre qu'il suit le mouvement d'une vague plutôt que de l'affronter de face et risquer d'être renversé, ce qui est malin. Il reprend son cap, s'approche de plus en plus. L'avant du Zodiac vient s'enfoncer dans l'arrière de la coque. J'en pleurerais de reconnaissance si j'avais le temps. Maintenant il faut descendre, jambes tremblantes, sur le plat-bord minuscule et mouvant. Abandonner *Le Céladon*, abandonner Clarence. Je descends en premier sur un signe de Sam, et tends le bras pour aider Élise, mais elle enlève son sac à dos et me le passe.

— Qu'est-ce que tu fous ? Descends !

— Après. Vas-y, Sam.

Le grand corps de Sam se déplie pour enjamber la coque et atterrir près de moi. Le sol du Zodiac bouge sous nos pieds, il semble si petit que je pense à un radeau. Sam se tient au balcon arrière, assurant le lien entre le Zodiac et le voilier, mais chaque courant nous tire et il doit forcer pour qu'on ne s'éloigne pas. Je m'accroche à ses jambes pour assurer sa prise.

— Élise, descends !

Sam s'époumone, le visage levé vers Élise qui regarde autour d'elle, hagarde.

— J'y arrive pas.

— Élise, on n'a plus le choix !

Je crie moi aussi, stupéfaite par la soudaine tétanie d'Élise, alors que le danger est si proche. J'ai envie de remonter et de l'arracher au pont avec violence, mais j'ai trop peur de quitter le Zodiac, notre planche de salut. Victor est agrippé à la barre du moteur, qui crachote et me rassure. Il me regarde et je sens à quel point il est soulagé, lui aussi, d'avoir réussi à lancer le moteur et nous retrouver.

Enfin, Élise réagit, saute maladroitement, atterrit contre moi et nous déséquilibre. Se tenant l'une à l'autre, on se rétablit à peu près. Au moment où on s'assied sur les gonfleurs, l'une en face de l'autre, Sam lâche le plat-bord et le Zodiac s'éloigne du voilier. Une vague nous sépare, nous hisse plus haut, puis nous cache la vue.

— Pars pas trop loin, demande Élise à Victor.

— Je fais ce que je peux.

On glisse à l'intérieur du canot, c'est trop dangereux de rester assis sur les gonfleurs. Il y a de l'eau au fond, et nos culs sont trempés instantanément, mais ça nous donne un léger sentiment de sécurité. Je me décale jusqu'à être en face de Victor.

— T'as vraiment assuré, merci.

J'aimerais lui sourire, mais j'en suis incapable. Nos visages crispés se tournent vers *Le Céladon* qui apparaît de nouveau à une vingtaine de mètres.

m'arrivait, je sais pas, moi, même par accident, comment je réagirais.

Je me rappelle m'être dit que cette question-là, on ne pourrait jamais y répondre. Il fallait le vivre, en effet, pour savoir quelle réaction on aurait. L'idée de tuer, l'idée caressée sans passage à l'acte, juste pour se faire peur ou tester ses propres limites, même de façon imaginaire, ça ne m'amusait pas plus qu'Élise. C'était comme se demander en frissonnant si on serait capable de découper un corps pour garder le magot comme dans *Petits meurtres entre amis*. Est-ce qu'on cacherait un corps pour protéger un ami, est-ce qu'on saurait se taire toute une vie ? J'aurais bien aimé jouer avec Clarence, mais j'avais la sensation de connaître pleinement l'inanité du jeu.

— Bah moi, je sais que je ne pourrais pas, a lâché Élise.

— Tu pourrais pas quoi ?

— Tuer quelqu'un.

— Et si c'est moi qui avais tué quelqu'un ?

— À la limite, je pourrais me taire, mais pas participer.

Clarence avait éclaté de rire.

— C'est encore pire !

Sam avait passé son bras autour des épaules d'Élise, comme à chaque fois que Clarence poussait Élise dans ses retranchements.

— Et toi, Sam ?

— Moi ? Je t'aide à découper le corps, mon pote. Mon père a une scie sauteuse.

Avec son air de renard dans un poulailler, Clarence s'était enfin tourné vers moi.

— Et toi, Emma ?

— Franchement, j'en sais rien, j'en sais rien du tout.

Et mon ignorance était si peu feinte qu'il n'avait pas insisté.

DIX-HUIT

Le Zodiac s'éloigne beaucoup trop vite. J'ai juste le temps de voir Victor, à genoux, tirer sur la poignée du câble pour tenter d'allumer le moteur. Une fois, deux fois, il va le noyer s'il continue. Et puis il disparaît derrière une vague. J'ai envie de hurler de rage, et son prénom à pleine voix. Je m'en étrangle, le cri bloqué dans ma gorge et je tousse violemment, au bord du vomissement. Qu'il lance ce putain de moteur et revienne nous chercher ! Dans la peur, je n'ai pas lâché le nœud et j'ai même réussi à le détendre. Sam me l'arrache des mains et le défait à toute vitesse. Le spi claque à nouveau, presque libre, une partie de la toile encore coincée sous le corps. On a réussi. Mais Victor ?

Agrippés l'un à l'autre, on rejoint Élise dont le visage grimaçant lutte contre la panique – ou la crise de larmes.

— Il va revenir, je lui souffle.

Je ne peux pas envisager qu'il ne revienne pas, ce serait comme accepter de mourir, là, tout de suite.

— Il va revenir, répète Sam.

Élise a les yeux secs mais elle se balance en gémissant, son sac à dos proéminent lui donnant l'air d'une tortue.

— C'est pas ta faute, Élise. Élise, regarde-moi !

J'accroche son regard, lui saisis la main qui n'est pas serrée par Sam. Et puis je cherche le Zodiac des yeux. Tassés à l'arrière du voilier, il nous est impossible de ne pas voir que *Le Céladon* s'apprête à couler par l'avant. Le jour, blanc et humide, s'est levé. Nous ne sommes plus au cœur de la tempête et la pluie a cessé, mais les vagues sont toujours aussi hautes et le vent nous déchire les tympans, sous les bonnets. Si Victor ne revient pas, nous sommes morts.

— Là ! hurle Élise qui lâche ma main pour tendre le bras.

Il est encore plus loin que je l'imaginais, la taille d'une phalange, de là où nous sommes, et ton sur ton – le Zodiac est en caoutchouc gris. Mais il traîne derrière lui un minuscule trait d'embruns brassés par le moteur. Qu'il ait pu dériver aussi loin en aussi peu de temps me saisit. Mais il revient vers nous.

Quitter le voilier avant qu'il ne coule ! C'est la seule chose que j'ai en tête. Même la disparition de Victor ne m'affecte pas autant que celle du Zodiac. Pour la première fois de ma vie, je me mets à prier. Tout et n'importe quoi, une entité magique, Dieu ou Neptune, quelque chose ou quelqu'un, vivre encore, je vous en supplie, je ferai ce que vous voulez, mais vivre encore.

— Si le bateau s'enfonce quand on est encore dessus, il va nous aspirer.

La peur de Sam répond à la mienne, j'y ai pensé sans oser le dire tout haut. Les yeux d'Élise s'écarquillent.

— Victor sera là avant qu'on coule.

Je regarde l'enfoncement du bateau, les vagues passent sur le pont presque sans résistance. Le corps de Clarence est immergé à chaque fois, il a glissé vers l'avant. Je nous imagine dans l'eau glacée, avec le

On se serre dans le Zodiac sans le lâcher des yeux, ballotté par les flots.

Le corps de Clarence glisse le long du pont, son corps déjà rigide, encore enroulé dans les drisses volantes, certaines le giflant avec véhémence. On le suit à chaque glissade, lorsque, sous la gîte, la carène prend l'eau de plus en plus fort. *Le Céladon* va couler, et je m'abîme les yeux sur la silhouette de Clarence qui n'est plus Clarence. Qui va couler lui aussi, libéré de ses nœuds. Comme un noyé ordinaire, une conséquence terrible du naufrage.

On ne grelotte pas encore, on ne dit rien.

Ça y est, le corps est soulevé par une vague et bascule. Mû par la même lame, *Le Céladon* s'incline et s'enfonce lentement. On observe encore un petit moment la blancheur du pont et les haubans emmêlés qui tiennent le mât brisé, flottant. Puis tout s'enfonce plus fort, jusqu'à disparaître.

DIX-NEUF

Élise était incapable de se souvenir de la première fois où elle avait posé les pieds sur *Le Céladon*. Sur la plus vieille des photos, elle est dans les bras de son père qui sourit à l'objectif, en marinière et à la barre. Il arbore des moustaches et un début de calvitie, malgré sa jeunesse et ses cheveux longs. Sa mère est en maillot de bain, légèrement en retrait et de profil, penchée. Une liane pâle. Des mèches cachent son visage. Élise a les joues de la petite enfance, elle n'est plus un nourrisson mais elle ne doit pas encore savoir marcher, ou à peine. Ses petites boucles sont déjà reconnaissables mais dressées en couronne sur sa tête. Elle plisse les yeux dans la lumière. C'est du noir et blanc, et la partie gauche de la photo est surexposée.

Il y en a une autre où elle est sur les genoux de sa grand-mère, c'est une photo en couleurs, pas très bien cadrée. Il y a sa mère et son grand-père, aussi, beaucoup plus jeune qu'aujourd'hui. C'est sans doute son père qui a pris la photo. Les adultes jouent aux cartes dans le carré. C'est le même carré que celui qu'on a tous connu, mais le tissu des banquettes est différent, plus bariolé. Sa grand-mère a changé les housses il y a longtemps, nous, on les a toujours connues rouge sombre, unies. Sur l'image, Élise doit avoir cinq ans, elle regarde les cartes de sa grand-mère, ravie. Ils jouaient au tarot, elle nous l'avait précisé. Les photos ornaient les parois intérieures du voilier, épinglées autour des hublots. On a fini par les connaître par cœur, c'était étrange. Comme une entrée dans l'intimité d'Élise, alors qu'on était plutôt discrets sur nos familles. On savait ce qu'il y avait à savoir et c'est tout, le reste ne nous intéressait pas. C'était nous, ici et maintenant, qui était important. Et comme on savait que l'absence de ses parents écorchait Élise, on évitait soigneusement d'aborder le sens que pouvaient avoir pour elle ces images du passé.

Nos téléphones et nos ordis étaient pleins de nouvelles photos du *Céladon*, une deuxième vie qui était la première, pour nous. Mais aucune n'était affichée dans l'habitacle. Étrangement, et bien que je n'en aie jamais rien dit, ni à Élise ni aux autres, j'aimais énormément la présence de ces images qui racontaient un bout de l'histoire d'Élise. C'était aussi l'histoire du voilier, et les personnages sur les photos faisaient partie d'un tout, accompagnaient nos virées.

Malgré l'état de sidération dans lequel nous sommes, malgré le froid, la situation terrible et les dentelles d'embruns en forme de mâchoire qui nous encerclent, deux visions m'envahissent : les yeux ouverts de Clarence au fond de l'eau et les photos d'enfance d'Élise, noyées elles aussi. Cette dernière image, incongrue dans notre situation, prend toute la place. Je regrette violemment de ne pas avoir pensé à les arracher aux lambris avant de quitter le voilier pour les emporter avec moi et les lui rendre.

VINGT

Après le premier quart sous la lune avec Victor, j'étais allée m'écrouler de fatigue dans la cabine avec un sourire imbécile. Au réveil, j'étais secouée de rires impromptus et d'ambivalence nouée. Victor me suivait des yeux et je veillais à ne pas lui rendre exactement la pareille, inquiète de ce qu'en penserait Clarence. Voilà, c'était comme ça, avec Clarence. L'importance de son regard, de ses assentiments. Mais, pour la première fois, ça m'énervait.

Sam et Élise étaient sur le pont. J'aurais aimé leur présence avec nous, comme s'ils pouvaient à eux deux camoufler par le nombre la tension croissante entre Victor et Clarence, et l'autre tension – beaucoup plus agréable – entre Victor et moi. Je m'agitais entre la cafetière et les placards, la bouche cousue alors que j'aurais voulu qu'on parle tranquillement, comme si de rien n'était. Il flottait dans le carré des relents d'agressivité entre les deux gars, et je me faisais l'effet d'une mèche allumée qui peut déclencher le feu. Je n'aimais pas ça. Je préférais imaginer que j'étais capable de jouer les conciliatrices, avoir l'importance des voix qui apaisent, la sagesse des doux. Tu parles. À part remplir trois tasses de café et redoubler de sourires, je n'étais pas capable de grand-chose, et sûrement pas de calmer une guerre qui avait visiblement commencé sans moi et pris des proportions désagréables.

Il n'y avait pas de précédents. Je veux dire que, dans la bande, jamais un conflit sérieux n'avait remis en question l'équilibre amical. Quelques agacements ou des prises de distances, mais qui duraient le temps d'une récréation et rien qui ne puisse être effacé comme une ardoise magique par une virée en mer, sur dériveur ou à bord du *Céladon*. J'avais beau creuser dans mes souvenirs, je ne trouvais pas. Même l'incident de mes quinze ans avait été remisé dans ma mémoire, ni Clarence ni moi n'y avons fait allusion, jamais. J'avais presque réussi à l'oublier, je me disais parfois, ou à l'*annuler*, plus exactement.

Clarence nous avait vraiment pourris le jour où on était venus le chercher chez lui pour lui faire la surprise – il ne voulait pas qu'on entre chez lui, qu'on parle à son père. Il aimait bien imaginer qu'il existait tout seul, sans ascendance, sans influence. Nous aussi, mais on avait plus de mal à l'imposer. Ce jour-là, donc, on avait subi sa hargne et ses rappels d'interdits, et ça avait duré jusque devant la salle de cinéma. Après on s'était excusés, il avait grogné, et c'était fini. Sam et Élise s'engueulaient aussi parfois, mais comme s'engueule un couple, sur des petites choses qui ne regardent personne d'autre qu'eux. Clarence et moi, on les faisait taire en se moquant, et en les menaçant de les tuer s'ils se séparaient, surtout pour des conneries. En général, ça suffisait à les faire marrer et baisser les armes. S'ils s'étaient déjà disputés plus sérieusement, on n'en savait rien. Mais ils étaient toujours ensemble.

Je les regardais l'un après l'autre, me demandais comment le conflit avait pu m'échapper à ce point. Et puis me sont revenus, un à un, les détails qui n'en étaient pas, qui auraient dû m'alerter et me faire comprendre que ces quelques jours en mer ne pouvaient pas se passer sans heurt.

Il y a eu cette fête, chez une des filles de la classe, à laquelle on avait décidé d'aller. Même si on aimait moyennement se mélanger aux autres, ça nous arrivait. On se considérait volontiers comme en haut de la chaîne alimentaire dans la jungle lycéenne, superbement indifférents à ce que les autres pensaient de nous. On avait donc la possibilité d'aller aux fêtes si ça nous chantait, toujours tacitement invités, puisque toujours bienvenus. Celle-ci était organisée dans une des maisons de l'anse noire, les grandes maisons de granit qui surplombent la rade où on naviguait. Leurs silhouettes nous étaient familières, mais on était plutôt curieux de savoir à quoi elles ressemblaient de l'intérieur.

On était toujours tous les quatre, Victor était parmi nous depuis quelques mois, il était le cinquième, arrivé plus tard, un drôle de statut. Il ne nous suivait pas comme un autre se serait accroché avec fierté à notre amitié. Il était avec nous quand ça lui disait. Il n'avait pas *besoin* de nous, et s'entendait plutôt bien avec d'autres élèves, sans pour autant vouloir s'intégrer à un autre groupe que le nôtre. Un électron libre, bien plus libre que ne l'était Clarence. Bien plus libre que nous tous, en fait. C'était tellement évident, je ne sais pas comment ça a pu m'échapper au début.

Cette fête, c'était une idée de Clarence, et il n'en démordait pas. Il y avait la maison de l'anse noire, mais aussi une fille avec qui il avait décidé de conclure. Elle y serait et le lui avait glissé après les cours. Ça me retournait le bide, mais j'étais habituée à faire semblant. Clarence insistait pour que Victor vienne avec nous. Peut-être pour qu'il puisse briller à ses yeux en séduisant cette fille, ou pour lui montrer à quel point on était chez nous n'importe où. Peut-être, tout simplement, parce qu'il ne supportait pas que Victor puisse négliger de nous accompagner. Une question d'orgueil, en somme. À l'époque, je me suis pas posé toutes ces questions. J'étais juste déchirée, comme à chaque fois, entre le plaisir d'aller faire la fête avec mes amis et la beigne systématique que c'était de voir Clarence mettre sa langue dans la bouche d'une fille. Sa façon de danser, d'approcher l'autre comme un fauve, le chuchotement au creux de l'oreille à cause de la musique, la main qui balaie une mèche, la désinvolture. Je connaissais toutes ses techniques, et son sourire illuminé qui faisait croire aux filles qu'elles étaient uniques.

Victor a dit non.

— Comment ça, non ?

— Ben non, c'est gentil de me proposer, mais j'ai pas envie.

Clarence est resté interdit, plus étonné qu'hostile.

— Mais t'as prévu quoi ?

— Comment ça ?

— T'as un plan plus intéressant ?

On était tous là, posés sur le banc, devant le lycée. Mais l'échange ne concernait que Clarence et Victor, qui a ri, et secoué la tête.

— Un tête-à-tête avec mon bouquin.

— Ah oui, grosse ambiance. T'es un vrai punk, toi.

Quand j'y repense, toutes les petites saillies de Clarence, qui nous semblaient drôles, avaient pour but d'humilier Victor. Mais ça lui glissait dessus, complètement. Il avait passé sa main dans ses cheveux – une tignasse châtain clair bordélique.

— Peut-être que ma crête est à l'intérieur.

— Ah ouais ?

— Écoute, je m'en fous d'être punk, j'ai juste pas envie de sortir ce soir. J'ai envie de lire, c'est tout.

On s'est séparés à ce moment-là. La mère de Sam est passée le prendre, elle a klaxonné, fait un signe de la main à tout le monde, auquel tout le monde a répondu, et Sam s'est engouffré dans la caisse. Je suis rentrée chez moi avec Élise qui habite le même quartier. On devait se retrouver à vingt heures devant *La Peste Écarlate*.

Quand Clarence s'est pointé, seul et la gueule en biais, Sam s'est étonné :

— T'as pas réussi à le convaincre ?

Sans sourire, Clarence a secoué la tête.

— Quel gros naze. À cause de lui, j'ai vu le coup où mon père allait me demander de rester à la maison.

On a ri, tant l'idée nous semblait absurde que son père impose quoi que ce soit à Clarence. Clarence qui nous semblait si rebelle, si libre. Clarence et son arrogance qu'on prenait pour du courage.

La fête, de son point de vue, a été une réussite. Il y avait du monde, beaucoup d'alcool et du gros son. Des élèves de notre classe et d'autres. Plutôt le haut du panier. Du coup, il y avait aussi des bouteilles qui coûtent cher et une sono digne de ce nom. Sam et Élise ont dansé, moi j'ai surtout regardé. J'aime bien observer les gens, et dans une fête c'est encore plus marrant parce que si tu restes immobile, coincée dans un fauteuil, un verre en main, tu es vite oubliée et tu peux tout déceler, des tentatives de drague aux complicités camouflées, en passant par le rythme d'alcoolisation de chacun et la nature des échanges, au creux des oreilles. Moi, j'ai bu mon verre cul sec avant de m'en remplir un autre. Puis, après avoir regardé chaque fêtard avec le petit sourire supérieur de ceux qui, en ne faisant rien, ne risquent pas le ridicule, j'ai fini par cesser de lutter et j'ai posé mon attention sur Clarence et sa conquête du jour, une brune qui devenait électrique dès qu'il lui souriait. J'étais jalouse sans l'être, pas envieuse de son sort à elle, portée aux nues pour une soirée – une semaine, deux – et rejetée aussi sec dans le néant, quel que soit son degré d'attachement, quels que soient ses efforts.

Elle virevoltait, seule, les yeux plantés dans ceux de Clarence qui buvait un verre, appuyé sur le manteau de la cheminée du salon. Nonchalant, un peu poseur, sublime. La fille, je la connaissais de vue – on avait des options en commun. Son déhanché n'était que pour Clarence, et tandis que les pulsations douloureuses, contre mon cœur, me disaient qu'il était temps de rentrer, j'ai bu un autre verre, et encore un autre. J'avais déjà perdu le compte. C'était l'heure des grandes flagellations, du dialogue intérieur. J'ai pensé à Victor. Je me souviens de l'avoir envié, de m'être dit que sa solitude choisie avec un livre valait mieux que mes pauvres efforts pour singer l'indifférence. J'ai continué d'y penser encore plus fort en vomissant dans les rhododendrons, derrière la baraque, et pendant mon retour pathétique entre Sam et Élise. Clarence restait dormir sur place.

Le lundi matin, Clarence n'a pas cessé de traquer Victor sur son absence à la fête, et on devinait qu'il avait déjà dû l'emmerder une bonne partie du week-end. Mais dès que Victor faisait mine de s'éloigner, au sens propre comme au figuré, dès qu'il amorçait un mouvement d'amitié vers d'autres élèves, d'autres groupes, Clarence effectuait un virement de bord pour le ramener dans ses bonnes grâces. Il redevenait chaleureux et drôle.

Sur *Le Céladon*, Clarence semblait désormais incapable de changer d'attitude. On aurait dit que Victor était devenu l'ennemi, que son indépendance était un affront. Ses différences aussi. Sa colère s'étendait jusqu'à moi, puisque non seulement j'avais pris la défense de Victor en m'opposant à lui, mais une nouvelle complicité se déployait sous ses yeux. Clarence m'observait depuis la banquette du carré, et on aurait dit qu'il me voyait pour la première fois. C'est vers Victor qu'il s'est tourné :

— Tu vas rester là à boire du café toute la matinée ?

— Et toi ? a répondu Victor, très doucement.

— Moi je fais ce que je veux.

— Pareil.

J'ai soupiré, écoutant de tout mon corps les ondulations du *Céladon*. Un pull de Sam traînait sur la banquette, je l'ai enfilé avant de mettre une veste. Victor s'est levé et, son café à la main, m'a devancée dans l'escalier pour aller le boire au grand jour. Je l'ai suivi sans un regard pour Clarence, parce que j'avais peur de ce que j'allais y lire. J'avais encore les jambes sur les marches quand je l'ai entendu gronder de colère :

— Putain je vais le tuer, ce con.

L'Irlande nous apparaîtrait en fin de journée.

VINGT ET UN

Je continue de fixer le creux dans lequel s'est enfoncé *Le Céladon*, traquant du regard la moindre nuance de couleur dans les effluences d'embruns. Je ne sais pas si les autres, comme moi, se demandent si le corps de Clarence va remonter tout de suite à la surface ou se gonfler d'eau d'abord pour flotter ensuite.

Il faut qu'on s'éloigne. Serrés dans l'annexe, nos regards vont vers Victor.

— Pourquoi t'as coupé le moteur ? lui demande Élise d'une voix blanche.

— Pour économiser l'essence. Je ne sais pas vers où on doit aller.

On acquiesce tous en silence. De toute façon, les vagues nous ont déjà déportés au milieu du rien. À perte de vue, il n'y a que la mer, la crête des rouleaux, la houle qui les soulève. Si on dézoomait au-dessus de nos têtes, le Zodiac ne serait qu'une brindille au milieu des flots.

La tempête s'est calmée, même si le vent ne s'est pas apaisé. Plus d'éclairs, de pluie battante – une chance. Mais penser qu'on a de la chance dans un tel merdier, c'est plus de l'espoir, c'est de l'inconscience. On ne sait pas où on est, et il est bien possible que personne ne le sache. Impossible de savoir si nos coordonnées ont été entendues par les gardes-côtes, depuis la France, et je n'ai pas réussi à les donner aux Anglais.

— Je suis désolé, lâche Victor, au bord des larmes, les dents serrées. C'est ma faute.

— Pour les chiottes ? Tu peux, oui.

Un silence glacé suit la réponse d'Élise. Elle grelotte, et on dirait qu'elle pourrait le tuer avec les yeux.

— Élise, ça sert à rien…

— De quoi ? Qu'est-ce qui sert à rien ? De dire la vérité ? S'il avait refermé la vanne des chiottes, le bateau aurait pas embarqué autant d'eau, tu le sais très bien !

Sam resserre sa prise autour de la taille d'Élise, tente de l'apaiser.

— Ça nous est tous arrivé, de faire une connerie ! Le mât avait déjà été arraché, on se prenait une putain de tempête sur la gueule ! Victor a… Ça sert à rien de lui en vouloir.

Élise semble lutter pour ne pas chialer. Mais elle a trop peur pour ça. La colère, c'est plus facile. Moi aussi, au fond, j'en veux à Victor, mais je remercie Sam de me raisonner en même temps qu'Élise. C'est vrai, l'erreur de Victor a accéléré les choses, mais on était déjà très mal barrés.

— Excuse-moi, Élise. Excusez-moi. J'aurais jamais dû venir, de toute façon.

Sur le visage défait de Victor, il y a toute la responsabilité du monde, et c'est d'autant plus injuste qu'il nous rappelle à l'instant qu'il ne devrait pas être là. Et s'il a participé au naufrage, le naufrage aurait bien pu avoir lieu sans qu'il ait quitté le continent. Ça me saute à la gueule, et c'est moi qui ai soudain envie de m'excuser.

— Moi, un jour, ça m'est arrivé mais c'était par temps clair.

Victor me sourit, reconnaissant. Mais Élise reste fermée, la mâchoire hargneuse. On dirait que ses yeux bruns ont viré au noir. Et puis ses cernes gris, comme ses lèvres.

— C'est tout ce que vous trouvez à dire ? Sérieusement ?

— Élise… commence Sam.

Elle ne le laisse pas finir.

— On va crever, vous êtes cons ou quoi ? *Le Céladon* vient de couler, putain. De couler ! On est sur un Zodiac au milieu de nulle part. Si le vent force encore un peu, il peut nous retourner comme une crêpe. Personne ne sait qu'on est ici.

— Attends, calme-toi.

— On va tous crever ! Vous êtes là à vous rassurer la conscience, alors qu'on va tous crever !

— Ta gueule, Élise. Arrête de répéter qu'on va crever. Si c'est ce que tu penses, t'as qu'à sauter à l'eau, pas la peine de prolonger.

Évidemment, c'est pour la provoquer, mais je sens exploser en moi le désir de vivre, au-delà du réflexe de survie. On dirait que ça la sèche, sur le coup. Elle tourne la tête vers moi, lentement, souriant comme une poupée de film d'horreur, et se jette sur moi, m'attrapant au cou. Alors, dans le même temps, le Zodiac est déséquilibré, embarque de l'eau, et j'entends Victor nous hurler d'arrêter. Je n'ai rien vu venir et le geste d'Élise, sa force et sa colère, me prennent au dépourvu : la moitié de mon corps se retrouve penché au-dessus de l'eau, et une vague recouvre mon visage. Je bois la tasse, me débats, terrifiée par la sensation que mon corps glisse hors du Zodiac et que je vais mourir noyée.

Ma main rencontre le visage d'Élise et je m'accroche à ses cheveux, tire de toutes mes forces. Entre deux goulées, je l'entends hurler de rage. Je crache, mon visage est hors de l'eau, mais l'eau encore dans ma gorge, ça pique et m'étouffe, mes doigts restent crispés sur les boucles d'Élise et je suis prête à lui arracher la tête pour pouvoir échapper à la noyade. Je replonge, la vague a frappé mon oreille et j'ai mal partout. Mes fesses glissent sur le bord du flotteur, j'ai l'impression que mon corps entier va basculer à la mer. J'émerge de nouveau, me hissant par les cheveux d'Élise que j'entends crier encore – de colère ou de douleur, je n'en sais rien. Je me dis qu'on va y passer toutes les deux, c'est inévitable, mais Sam la tire par son gilet de sauvetage avec toute la force dont il est capable, et c'est ce qui nous sauve. En ramenant Élise à lui, il nous fait basculer à l'intérieur du Zodiac où je m'écroule et me roule en boule, crachant eau salée et morve au fond du bateau. Une toux salvatrice et cuisante me secoue. Je vois du rouge, comme si je saignais sous les paupières. La voix de Victor me parvient de loin, il répète mon prénom, et puis je sens ses mains sur ma nuque et mon front. Quand j'ouvre les yeux et que j'arrive à faire le point, Sam tient les poignets d'Élise et l'enlace en l'empêchant de bouger. Il lui parle doucement à l'oreille et elle pleure. Je m'appuie sur Victor pour me redresser à genoux et basculer en tailleur, le dos contre le flotteur. Je reprends lentement ma respiration, tousse, respire, tousse encore. La main de Victor reste sur ma nuque, puis caresse mon visage trempé. Il est assis en face de moi et son grand buste se penche pour mettre son front contre le mien, prendre mes mains et déplier mes doigts crispés, un par un, pour libérer la poignée de boucles arrachée au crâne d'Élise. Je cherche son regard à elle, n'y trouve qu'égarement et terreur, à présent. Plus une once de fureur dans les yeux sombres et mouillés de mon amie, mais j'ai eu beaucoup trop peur moi-même pour être magnanime.

— Espèce de tarée.

Les sanglots d'Élise nous bercent, comme les couinements d'un chiot malade. Elle ne dit plus rien, semble vidée de ses forces. Moi, je me méfie. J'écoute ma respiration, ça ronfle un peu du côté des bronches, mais je m'apaise doucement malgré notre situation. Victor a essoré mon bonnet, me l'a délicatement remis. Mes oreilles sifflent toujours. Les vagues me semblent plus longues, moins profondes, elles ne déferlent plus, mais dansent. Je crois que nous n'allons pas chavirer pour l'instant. Qu'il faut attendre. Quelqu'un va venir nous chercher, c'est obligé ! Attendre, oui, attendre et espérer.

Élise extirpe une bouteille de flotte de son sac à dos et la fait tourner. Chacun s'évertue à ne boire que de petites gorgées. Ça peut durer longtemps, alors il faut tenir.

Longtemps, c'est combien ? Des heures ? Des jours ? Combien ?

Les récits de naufragés me traversent, mythes et histoires vraies, j'en connais un paquet. Certaines finissent mal, d'autres miraculeusement bien. Je ne connais pas les statistiques.

Je m'ensommeille contre Victor, son bras passé autour de mes épaules. Pas tranquille, aux aguets du prochain coup de folie, et gelée.

VINGT-DEUX

Quand les côtes irlandaises sont apparues, on était comme des dingues. Même Clarence a retrouvé son humeur joyeuse et j'ai envoyé Les Pogues, le JBL accroché au mât. Oui, Les Pogues c'est vieux comme mon père – d'ailleurs, c'est lui qui me les a fait découvrir –, mais on aime. Et ça collait bien avec notre excitation et notre destination. On a accosté avant la tombée de la nuit, il y avait des lumières bleutées qui dessinaient les contours du continent et nous en mettaient plein la vue. C'est Clarence qui était à la barre pour la manœuvre d'accostage, et je dois dire qu'il a réalisé une arrivée parfaite. Coordonnés comme des pros, on a rangé *Le Céladon* à quai bercés par *Dirty Old Town*. Il le fallait, notre honneur de navigateurs était en jeu, même si personne n'était là pour nous observer. Le tout petit port dans lequel on avait décidé d'aborder comptait une vingtaine de voiliers, pas plus, et des petits bateaux de pêche aux fanions rouges et noirs.

Nos téléphones accusaient des messages d'entrée sur un nouveau territoire, et pour ne pas faire exploser nos forfaits, Élise devait appeler ses grands-parents, qui préviendraient nos parents de notre arrivée. Sam et

Clarence, pendant ce temps, nous enregistraient au port, négociant de leur anglais scolaire le prix de l'anneau.

Les premiers pas sur la terre ferme, après plusieurs heures de navigation, nous ont fait ressembler à des oiseaux maladroits. C'est une sensation étrange, on continue d'anticiper la mouvance du sol alors que rien ne bouge. J'aime beaucoup, comme un vertige d'ivresse, mais une ivresse légère, pas le truc qui te met chiffon au point de gerber dans les parterres de fleurs. Plutôt comparable à l'effet du troisième verre associé à une première danse.

On dansait, donc, de nos grands corps joyeux d'être arrivés, longeant les baraquements portuaires en quête d'un pub.

On a vite trouvé. Celui-là ressemblait exactement à l'idée qu'on peut se faire d'un pub irlandais. Lambrissé de bois sombre, le sol moquetté, de hauts tabourets devant le comptoir, et même les barbus à béret de laine pour parachever l'authenticité.

On commandait cinq Guinness quand le téléphone de Victor a sonné. Il a répondu en même temps qu'il nous faisait signe de ne pas boire sa bière, et j'ai eu droit à un clin d'œil. Ça m'a picoté le long des bras, un frisson court et dense. Le clin d'œil n'a échappé à personne, et dès que Victor s'est éloigné, Sam m'a lancé son poing dans l'épaule, joueur. Élise rigolait. Elle a attrapé sa pinte brune et l'a levée vers moi.

— À tes amours, Emma !

On a tous pris nos bières pour trinquer, même si je secouais la tête, gênée, sous leurs sourires entendus.

— À l'Irlande !

— À nous ! a continué Sam.

Mais Clarence s'est assombri de nouveau. Il a commandé un whisky, l'a bu cul sec avant de prendre une longue gorgée de bière sans trinquer, sans nous regarder. Il ne lâchait pas des yeux le dos de Victor. C'est là, je crois, que tout a basculé.

— Je parie qu'il parle à sa mère.

— Et alors ? a demandé Élise.

Clarence n'a pas répondu. Sam a posé un bras bienveillant sur les épaules de Clarence, a fait tinter son verre contre le sien sans lui laisser le choix.

— Hé, pourquoi t'es tendu comme ça ? C'est quoi ton problème avec Victor ?

— Tu comprends pas, hein, a sifflé Clarence en levant le bras pour commander un autre whisky.

— Ben non. Il est cool, exactement comme tu disais quand tu nous l'as présenté. Et ces dernières semaines, t'es trash avec lui, on comprend pas pourquoi.

— Et depuis qu'on a pris la mer, Clarence, c'est pire, a ajouté Élise.

Moi, j'ai rien dit au début. Il a sifflé son deuxième whisky et s'en est soudain pris à moi :

— Et toi Emma, franchement, tu me déçois.

— Hein ?

— Tu fais comme s'il te plaisait, tu minaudes.

— Je minaude pas ! Et s'il me plaît, ça me regarde.

J'avais de la pâte molle à la place des jambes, le souffle court. Une honte mêlée de fureur m'a envahie. Il agissait comme un connard, c'était pas la première fois, et j'étais toujours incapable de l'envoyer chier. Au fond, j'avais toujours quinze ans, j'étais toujours cette fille-là, assise sur les voiles, toute nue, honteuse et pleine d'espoir.

— Tu déconnes, là, Clarence, a ajouté Sam.

— Et pour Emma, c'est vraiment dégueulasse.

Élise faisait allusion à ce qu'il venait de dire, mais en sous-texte, il y avait mon amour déçu pour lui que tout le monde faisait semblant de ne pas voir – par délicatesse – depuis des années. Sam et Élise m'avaient vue dresser la tête face au chagrin et à l'humiliation de ne pas être aimée en retour. Ils savaient que Clarence entretenait mon état, multipliant les mouvements contradictoires, me portant aux nues, flirtant sur un fil, sans jamais engager avec moi une vraie relation amoureuse. Élise avait raison : c'était dégueulasse. J'avais refusé d'y penser dans ces termes pour sauvegarder ma fierté et l'image que je me faisais de moi-même. Hors de question d'être une victime, une éplorée, une pauvre fille qui se meurt d'amour. Ça, c'était un truc de cruches ou d'héroïnes romantiques, et j'étais une battante, une lucide, forte et résistante. Tu parles. Clarence connaissait très bien mes fissures et surtout ma fierté. Il comptait bien sur elle pour continuer à jouer encore longtemps.

J'ai senti, malgré toutes mes résistances, une affreuse envie de chialer me saisir à la gorge. L'amertume de ma Guinness, épaisse comme une soupe, m'a sauvée du naufrage. Ravalant mes larmes, j'ai pu offrir à Clarence un visage sans ravages.

— Tu te comportes comme un con, Clarence. Depuis plusieurs années avec moi, depuis quelques semaines avec Victor.

La stupéfaction, sur ses traits, ne semblait pas feinte. Et la rage qui a suivi non plus.

— Avec tout ce que j'ai fait pour vous…

— Hein ?

— De quoi tu parles ?

— Pour nous ?

— Ça va pas ?

J'étais la seule à me taire. Clarence écoutait sans broncher les salves de questions qu'alternaient Sam et Élise. Un afflux de bile m'a donné envie de cracher. J'ai choisi de boire une nouvelle gorgée de bière, plus longue que la première. Je n'arrivais pas à savoir si j'espérais ou redoutais le retour de Victor.

— Nous qui ? a insisté Sam, dont le rouge écrevisse évoquait un mélange de colère et de gêne énorme.

— Vous ! Vous trois ! Sans moi vous seriez restés… banals ! De bons élèves sages qui vont au club de voile le samedi après-midi et c'est tout. C'est moi qui nous ai rendus exceptionnels, qui vous ai choisis.

— Mais ça c'est nous, Clarence. La lumière, l'énergie, c'est nous. Nous tous, ensemble.

J'ai eu de la peine pour Sam. Pas de la pitié, rien de méprisant. Il disait ce qu'on pensait tous. Mais c'était trop tard pour le dire, Élise et moi l'avions ravalé après la diatribe de Clarence. Tout s'effritait, se fendillait, s'effondrait. J'ai retenu un sanglot. Je savais tout ça depuis longtemps, mais je ne voulais tellement pas le voir. Clarence n'a même pas répondu. Il n'a même pas vu ce qui se passait réellement, pour moi, Élise, Sam. Furieux, il a continué :

— Vous prenez le parti de Victor ! Il a suffi de quelques mois avec nous pour qu'il vous pourrisse jusqu'à l'os.

— Tu nous l'as présenté, a répété Sam, d'une voix où perçait l'effondrement.

— Ça fait un moment que j'essaie de vous faire comprendre qu'il me fait chier. Au début je me suis dit que ouais, pourquoi pas, il pouvait traîner avec nous, mais il s'agissait pas d'en faire *l'un d'entre nous*.

Seul Sam essayait encore de croire que rien n'avait changé. Que les paroles de Clarence pouvaient être effacées dans le tintement des verres et une bonne rigolade. Mais c'était fini, Élise et moi, on l'avait bien compris. Il n'y avait plus de nous, Clarence venait de le salir avec perte et fracas. Il nous dépouillait de tout ce qu'on avait mis dans cette amitié. En quelques phrases, il nous rendait minables, et lui avec nous. Et j'ai compris que ça avait commencé depuis un moment déjà.

Il s'est redressé avec une superbe qui me semblait factice, surjouée.

— Vous êtes vraiment trop cons.

Et puis il a fixé son regard sur moi, rien que sur moi. Si j'avais pu, je l'aurais volontiers détruit. Mais outre le fait que j'en étais bien incapable, j'avais l'impression que tout nouvel affrontement nous ferait tomber encore plus bas. C'était d'une tristesse vertigineuse. Quand je pensais au bonheur qu'on avait ressenti la veille – la veille ! C'était un putain de crève-cœur.

Victor est revenu en plein milieu de notre douloureux silence. Il m'a souri, hésitant face à nos visages démontés. Un chien dans un jeu de quilles. Je nous ai trouvés laids, sous son regard, même s'il n'était chargé d'aucun jugement, puisqu'il n'avait rien suivi. En revanche, il a bien compris que quelque chose déconnait. Nos visages fermés ou incrédules, celui, agressif, de Clarence. Notre silence, soudain, qui résonnait plus fort que le brouhaha de la salle, le claquement des verres posés sur les tables en bois. Sam s'accrochait à Élise, je m'accrochais au comptoir. Et Clarence nous toisait avec rage. Il s'est lentement tourné vers Victor.

— T'as eu ta maman au téléphone ?

Sa voix contrefaite, singeant l'infantilisme, était une provocation en soi. Victor a souri, impérial.

— Oui, j'ai eu ma mère. Elle avait besoin d'être rassurée.

— Tu parles, elle doit être bien contente qu'on soit pas à la maison. Qu'elle puisse se faire sauter tranquille.

Il avait beau être patient, Victor s'est tendu, la mâchoire serrée. Il a chuchoté entre ses dents :

— Tu retires ça, connard.

— Je l'entends d'ici, comme je l'entends de ma chambre. Tu l'as jamais entendue couiner, ta mère, quand mon père la baise ? Elle couine très fort et elle pousse des petits cris ridicules.

Le poing de Victor est parti tout seul et s'est écrasé sur le nez de Clarence. Pas un de nous n'a bougé, mais le serveur s'est mis à gueuler pour qu'on sorte. On aurait dit que Clarence avait eu exactement ce qu'il attendait. Une fois dehors, il a souri à Victor, de son beau sourire lumineux – le sang qui coulait de son nez avait rejoint sa lèvre – et le combat a commencé. J'étais écœurée par l'attitude de Clarence. Entre chaque coup, il soupirait d'un plaisir joué censé évoquer la mère de Victor en train de faire l'amour. C'était moche et indigne de lui. Mais c'était lui, et j'ouvrais les yeux.

À l'échelle d'une vie, j'imagine que cette rupture intérieure peut ressembler à un détail. Pour moi, c'était toute une partie de mon monde qui s'écroulait, et ça faisait un mal de chien. Je l'ai vécu avec tant de violence que, dans un premier temps, j'ai tenté de nier, de lui trouver des excuses. Je me disais que ça n'avait pas dû être facile, de se retrouver avec un demi-frère sur les bras et une belle-mère quand on a seize ans et l'indépendance facile. Si Clarence avait d'abord fait bonne figure, c'est qu'il s'était trouvé chanceux de ne pas devoir partager sa vie avec un enfant plus jeune, un gamin braillard et égoïste qui aurait réclamé l'attention et obligé à l'indulgence. Sans réaliser que cet autre du même âge que lui pourrait mettre sa place en danger.

Les deux étaient de force égale, et leurs coups se valaient. Il m'a semblé que la plus grande rage était du côté de Clarence, alors que l'insulté était Victor. À un moment, ils se sont écartés l'un de l'autre pour reprendre leur souffle, et Sam s'est planté devant Clarence pour stopper le combat. J'ai fait la même chose en allant vers Victor. Élise m'accompagnait. Quelques Irlandais étaient sortis et riaient du spectacle, mais c'était pas méchant. Ils fumaient leur clope sans lâcher leur pinte. Une serveuse est venue râler et récupérer les verres vides posés çà et là, mais les gars avaient bien l'air de s'en foutre, et ils refusaient de verser leur bière dans les grands gobelets en plastique qu'elle leur agitait sous le nez. Elle nous a jeté un œil mauvais, comme si cette baston en appelait d'autres, et que les mecs au spectacle allaient forcément se mettre à participer.

— J'en ai marre, Emma, a soufflé Victor, du sang sur la pommette. J'en ai marre de supporter ses saloperies. Je retourne pas au voilier.

J'ai bien aimé sa détermination, beaucoup moins ce que ça signifiait pour le reste du voyage. Il fallait bien qu'on rentre, et la fissure ressemblait de plus en plus à un cratère. Élise a posé sa main sur mon bras.

— Va avec lui, t'inquiète. On gère Clarence avec Sam. T'as ton portable ?

— Oui, et de la thune pour payer l'auberge de jeunesse.

— Alors on fait ça. Appelle-moi demain, on voit où on en est.

On s'est donné une accolade – elle savait que c'était dur pour moi, on savait que rien ne serait plus jamais pareil.

J'ai pris la main de Victor et on s'est éloignés. Mais j'ai pas pu m'empêcher de me retourner pour voir l'expression de Clarence. Il nous suivait des yeux tandis que Sam prenait sur lui pour l'apaiser. Je n'ai pas su lire dans ce regard-là. Peut-être que je n'avais plus envie de lire quoi que ce soit en Clarence. J'ai serré plus fort la main de Victor et on a longé le port pour rejoindre la rue principale de la petite ville, en silence.

VINGT-TROIS

C'est finalement dans un petit hôtel qu'on a atterri et qu'on a pris une chambre, parce qu'il n'y avait pas d'auberge de jeunesse dans ce gros village irlandais qui était encore plus petit que le nôtre. C'était drôle de demander une chambre à la femme fatiguée qui tenait l'hôtel, on avait l'impression d'être un couple plus âgé ou de faire quelque chose d'interdit. Il y avait, entre Victor et moi, une gêne mêlée à un étrange confort : on aimait tous les deux le silence, et on était capables de se taire sans déplaisir. La gêne ne venait pas de ces grandes plages sans paroles, mais plus du désir grésillant qui nous unissait, et de Clarence, entre nous deux.

— Tu l'aimes toujours ? m'a demandé Victor alors qu'on s'était couchés, épuisés, tournés l'un vers l'autre, mais en tee-shirt, et clairement trop éprouvés pour envisager autre chose que dormir.

— Non. C'est très bizarre. Je crois que j'arrive pas à savoir vraiment.

— Si tu l'aimes ?

— Non. S'il a changé ou s'il a toujours été comme ça et que j'ai pas voulu voir.

Victor n'a rien dit d'abord. Il a sorti une main de sous la couette pour caresser mon visage. Il était doux.

Il ne me jugeait pas. J'avais mal au bide, un deuil à faire.

— Y a des gens qui ont tellement besoin qu'on les aime qu'ils sont prêts à tout pour que ça ne s'arrête pas.

Je me suis demandé s'il parlait bien de Clarence ou de moi.

— T'as lu ça sur un sachet de tisane ?

Il a éclaté de rire et a fait semblant de m'envoyer des coups. Une bataille de lit, c'est le meilleur moyen pour s'embrasser, au final. C'est ce qu'on a fait. Et je me suis pourtant endormie très vite dans ses bras, avec la sensation d'être encore en mer et de sentir le lit bouger sous nos corps enlacés.

Au réveil, Victor était déjà debout. J'ai entendu couler l'eau de la douche, alors j'ai savouré de rester encore un peu dans le creux de chaleur, au milieu du lit. J'ai repensé à la veille, j'étais sonnée. Mais aussi, j'ai senti que quelque chose s'était libéré en moi, ou alors c'était moi, tout simplement, qui était en train de me libérer de quelque chose. J'ai regretté que Victor soit sorti du lit si vite, et ça m'a fait sourire toute seule. On avait le temps, un peu. Et puis on ne reprendrait pas la mer avant le lendemain.

Ce que Victor m'a fait découvrir ce jour-là, c'est son goût pour la photo. Ça a fait plusieurs déclics en moi. D'abord j'ai adoré ça, et j'ai senti l'envie de lui prendre l'appareil des mains pour fixer à mon tour des images comme des peintures vivantes. Ensuite il l'a fait, et ce partage m'a bouleversée.

Victor savait utiliser un argentique, avec des pellicules et une mise au point. Il avait même appris à développer les photos dans les bacs de produits chimiques à la faible lueur d'une lampe rouge. Un de ses oncles avait monté un labo dans sa cave, obturé les fenêtres. Il en parlait avec émotion et la fierté de ceux qui ont connu quelque chose qui n'existe plus. Mais en réalité, il utilisait maintenant un appareil numérique sur lequel il faisait les réglages, et quand il imprimait, c'était à partir d'une carte mémoire. On a déambulé dans le village, attrapant au vol des scènes ou des lumières. Pour ne pas être en reste, j'ai utilisé son iPhone, et tenté de le surprendre par des cadres singuliers ou des visages saisis en pleine expression. On ressemblait à des voleurs. Il m'a prêté son appareil pour que j'essaie à mon tour. Une grande marque de confiance, ça m'a émue. Parfois, il posait ses mains sur les miennes pour m'expliquer un réglage, me proposer un sujet. Tandis qu'il me montrait au loin des rochers blancs qui se détachaient en taches sur la mer, je visais son profil et immortalisais son rire, ses mains qui voulaient dévier mes angles, des gros plans sur son cou ou sa silhouette, lorsqu'il avançait plus vite que moi, galopait sur la lande pour une meilleure prise de vues. Je tombais amoureuse. Sans angoisse, sans la peur de déplaire, sans la sensation de rejet et de dépendance que j'avais toujours connue avec Clarence. C'était une libération, un cadeau. Un sursis, en fait.

Quand Sam m'a appelée, on visait des moutons noirs dans une lande plus verte qu'un filtre Instagram. La sonnerie a rugi dans ma poche, et je souriais encore en décrochant. Sam était tendu, sa voix altérée par l'inquiétude. Clarence avait persisté à boire et avait continué d'être très con avec Sam et Élise. Comme si une digue avait cédé, il s'était répandu en horreurs toute la soirée.

En découpe sur un ciel changeant, une vieille bicoque tombait à moitié dans l'eau et en ruine. Je me demandais si je souffrais de l'absence de Clarence, le cherchais des yeux, soudain, comme s'il allait surgir pour frapper Victor, mais au fond, je me sentais surtout libérée. Sam était effondré.

— Il a braillé qu'on le méritait pas, que tout le monde le détestait.

— Et aujourd'hui, ça va pas mieux ?

— Attends, c'est pire. Ce matin, il a ouvert le radeau de sauvetage.

— Hein ? Tu déconnes ! Il est complètement con ou quoi ? Une fois que ce truc est ouvert c'est une vraie galère pour le refermer ! Pire qu'une tente Quechua !

— Il l'a ouvert, le truc s'est gonflé, et…

— Ben quoi ? Vas-y, dis.

— Il l'a crevé à coups de fourchette.

Victor m'interroge du regard. Il m'a photographiée au début, et puis il a senti que la discussion était difficile, alors il a arrêté. J'écarquille les yeux, shoote en même temps dans un caillou.

— Mais pourquoi ? Pourquoi il a fait ça ?

— J'en sais rien, Emma. Il a pété un plomb. Il a pas dormi de la nuit et il a continué de boire, je pense qu'il était encore bourré.

— Et maintenant ?

— Il dort depuis deux heures sur *Le Céladon*.

— Il cuve.

— Ouais, il cuve.

On dirait que Sam attend quelque chose de moi, comme si j'avais les clefs pour comprendre et apaiser Clarence, alors que c'est tout le contraire.

— Qu'est-ce qu'on fait ?

— Je sais pas, Emma.

J'ai compris que c'était fini, les moutons noirs, la tourbe et les lumières irlandaises. Victor laissait ses cheveux voler devant ses yeux puis, d'un geste que je trouvais délicieux, les ramassait vers l'arrière, les coiffant avec ses doigts. Et ils revenaient sur ses yeux. Derrière ses mèches, je voyais son regard interrogateur, étonné, posé sur moi qui me mordais les lèvres en écoutant Sam me raconter la déroute de notre bande. La déroute de Clarence.

— On rentre ?

La proposition de Sam m'a désespérée. Prolonger ces moments avec Victor, c'est ce dont j'avais le plus envie. Et quand on vient de naviguer sans voir la côte, on a cette envie de rester un peu à terre, comme si on avait réchappé à un grand danger, comme si on avait bravé un interdit universel – l'homme n'est pas fait pour vivre sur l'eau, le faire c'est se prendre pour un dieu.

— Tu crois que c'est le mieux ? On devrait pas attendre qu'il redescende ?

— Je sais pas, Emma. La situation est pourrie, Élise a super les boules. On a bataillé sec pour avoir *Le Céladon*, ses grands-parents nous ont fait confiance.

— Je sais.

On a laissé passer un silence. Je l'ai entendu soupirer.

— Quel con ce Clarence, je comprends pas ce qui lui prend.

L'insulte restait affectueuse, mais j'entendais la déception de Sam dans son éclat d'impuissance. Il n'avait même plus la force de faire une vanne.

— Ouais, j'ai dit, laconique.

Je savais plus quoi penser, et j'avais l'impression que c'était à moi de prendre une décision. Mais Sam a semblé se souvenir de quelque chose d'important.

— Y a un autre problème, Emma. Ils annoncent un gros coup de vent pour demain soir qui devrait durer plusieurs jours. Du coup, soit on bouge maintenant, soit on est bloqués ici pour trop longtemps.

Ça, c'était la merde. On pouvait pas se permettre de rester là une semaine. Ou peut-être que si. J'ai envisagé les jours à terre, Victor et son sourire, nos lèvres dans la bière et quelques nuits pour se découvrir.

— Peut-être que c'est plus prudent…

— Franchement, Emma, je préfère qu'on trace la route rapidement. C'est tout pourri, notre situation. Clarence a vrillé, Élise fait la gueule, toi tu t'es cassée avec Victor. Moi je vois pas bien l'intérêt de rester.

— Tu proposes quoi, alors ? Qu'on trace avec la tempête ?

J'avais tenté l'ironie, mais c'était moyen, Sam était tendu et ma mauvaise foi criante – j'avais juste envie de rester avec Victor. À ce moment-là, je n'avais pas de réelle inquiétude pour la traversée. Sam a insisté, sans s'énerver.

— Je propose qu'on file avant la tempête. Le vent est bon. Vous nous rejoignez tout de suite, on appareille et on trace. Demain soir, on est chez nous. Même si ça bastonne un peu sur la fin, on sait gérer.

C'était à mon tour de soupirer, et mon soupir signait ma défaite.

— D'accord, Sam. On arrive.

Victor avait suivi la fin de l'échange, et même s'il n'entendait pas Sam, il en avait compris l'essentiel. Il est venu vers moi et m'a enlacée. On s'est embrassés sur la lande, les pieds humides de cette terre spongieuse qui rend chaque promenade acrobatique. Je me souviens des angles durs de son appareil photo, dans mon dos, et de son autre main qui serrait ma taille.

C'est moi qui ai balayé sa mèche de cheveux pour libérer son visage. C'était un baiser enragé de devoir s'interrompre. Je me suis dit que c'était partie remise, que tout serait plus simple une fois rentrés.

On a regagné le port sans se lâcher la main.

S'il me fallait décrire ce départ du port, je dirais qu'il était l'exact opposé de celui qui avait eu lieu trois jours plus tôt. Un silence lourd comme une ancre pesait sur nous. À la manœuvre, nous étions efficaces, mais sans allant. On connaissait les gestes, un ballet bien huilé. Clarence et Victor ne se sont pas parlé, à peine ont-ils échangé un regard sombre avant de retrouver une forme de neutralité poisseuse, faite d'ignorance réciproque. Je donnais quelques consignes à Victor pour qu'il ne se sente pas inutile. Mais très vite, il a préféré descendre dans le carré pour échapper à la présence de Clarence.

Le bois du *Céladon* craquait et je retrouvais vite le plaisir familier des bruits vivants du voilier. Hormis le canot de secours détruit par Clarence, il ne manquait rien ni personne à bord.

Le vent était fort et régulier, nous n'étions pas exactement inquiets. Tendus et tristes serait plus juste. Il fallait rentrer. Oui, je me répétais, tout serait plus simple une fois rentrés.

VINGT-QUATRE

Le nez du Zodiac décolle parfois sous la pression du vent, et des embruns nous giflent. Victor n'a pas rallumé le moteur, puisque nous ne savons pas où nous sommes ni où nous devrions aller. J'ai froid et faim.

Les vagues opaques nous bringuebalent et claquent contre le Zodiac.

— J'ai lu quelque part qu'on peut boire de l'eau de mer pour survivre.

— Non, l'eau de mer ça rend fou.

— Je crois pas, si tu en bois seulement un tout petit peu.

Sam renonce à me contredire, mais je pressens qu'il a raison. C'est une connerie. J'abandonne l'idée et me décide à demander la bouteille à Élise. Elle est la seule à avoir pensé à embarquer un sac avec quelques réserves de survie. Il reste si peu d'eau que j'hésite à boire.

— Une gorgée chacun ?

Ma proposition est accueillie par trois mains tendues. L'eau glisse dans ma gorge sans apaiser ma soif. Je fais passer la bouteille à Victor. Élise fouille dans son sac et en sort des biscuits.

— On aura encore plus soif mais ça peut quand même nous faire du bien.

Mon estomac gronde de désir à la vue des sablés.

— Merci, Élise, t'as assuré.

— J'ai pris du pain aussi, mais on peut essayer de le garder pour demain matin.

On acquiesce tous en mâchouillant nos biscuits le plus longtemps possible. Leur texture, dans ma bouche, me fait saliver. J'en veux encore à Élise, malgré les biscuits. Et malgré les biscuits, une sensation désespérée me saisit. Autour de nous, la mer est encore tellement agitée que je doute que des bateaux de secours arrivent. Ils ne savent même pas qu'on existe. On va mourir dans ce Zodiac, noyés ou affamés, déshydratés, surtout. En combien de temps ? Combien de temps avant que l'un d'entre nous se mette à boire de l'eau de mer et en crève ? Combien de temps avant qu'Élise ne tente de nouveau d'étrangler l'un d'entre nous sur une vexation ? Non, j'exagère. Élise n'a pas disjoncté, pas encore. Elle est même plutôt éteinte à présent, les yeux fermés la plupart du temps, blanche comme une demi-morte. Quand elle les ouvre, c'est pour poser un regard effaré sur la crête des vagues et les refermer aussitôt. Comme nous tous, à vrai dire.

J'ai perdu la notion du temps. Ça fait longtemps que ma montre ne marche plus et je ne crois pas qu'un seul d'entre nous ait encore son portable. Le mien est resté sur *Le Céladon*, et celui de Victor aussi. Celui d'Élise n'avait plus de batterie depuis un moment déjà et Sam n'a pas sorti le sien une seule fois, ne serait-ce que pour tenter de vérifier si on captait. J'en déduis que nous n'avons aucun lien possible avec la terre, et que nous ne savons même pas depuis combien d'heures nous dérivons. Seuls nos estomacs nous informent, et la nuit qui tombe. Mais je me trompe.

— Ça fait six heures qu'on a chaviré, annonce Victor en dénudant son poignet pour regarder sa montre.

— On n'a pas chaviré, on a coulé, répond Sam d'une voix morne que je ne lui connais pas.

Sous ses yeux, de grands cernes bleus le vieillissent. Comme si la mer voulait le faire mentir, une déferlante se forme et nous soulève très haut avant de nous pousser sur le côté… et le Zodiac chavire.

Aucun de nous n'a le temps de hurler. Le choc est d'une brutalité terrible et l'eau salée remplit ma gorge. Je coule, bats des bras et des jambes pour remonter à la surface. J'émerge pour reprendre ma respiration alors qu'une autre vague me gifle et je coule de nouveau. En remontant, j'ouvre les yeux sous l'eau, mais je ne vois rien que des paquets de gris, de vert, et quand ma tête sort de la vague, mes yeux brûlent. Cette fois, j'aperçois le Zodiac, moteur en l'air, qui dérive près de moi. Je nage de toutes mes forces, mais il s'éloigne. J'en pleurerais de rage, mais l'énergie qu'il me reste se concentre dans mes bras et mes jambes pour me propulser vers la survie. Atteindre le Zodiac est ma seule idée, les autres n'existent plus, je veux vivre, je veux rejoindre ma planche de salut. Je nage, tente de respirer calmement pour ne pas m'essouffler trop vite, mais c'est déjà foutu à cause du froid et de la peur – je halète comme un chiot. Le fond me terrifie, il est noir et glacé, et mes mouvements sont empêchés. Le tissu colle à mes jambes, j'ai des enclumes au bout des pieds. Le gilet de sauvetage, qui me maintient hors de l'eau, remonte sous mon menton et j'ai envie de l'arracher. Dans la panique, je perds une basket, alors je me libère de l'autre. Je ne sais pas si c'est une énorme connerie, mais j'ai l'impression de retrouver une certaine fluidité dans l'eau. Je lèche mes lèvres humides même si je sais qu'il ne faut pas, que la morsure du sel et la soif seront pires encore après. Il me semble que le vent repousse le Zodiac vers moi, et mes efforts pour l'approcher sont récompensés, trois brasses encore, et puis six, sept, et je m'accroche à la cordelette qui entoure les gonfleurs. J'ai l'impression d'avoir réussi le plus grand exploit de ma vie, je respire à grandes goulées, la joue collée au caoutchouc salvateur. Une main m'agrippe l'épaule et je tire Sam vers moi en le tenant par son gilet de sauvetage. Ses yeux agrandis de terreur bouffent l'horizon autour de nous pour tenter d'apercevoir les autres. Il saisit lui aussi un bout de la cordelette.

— Faut qu'on le remette à l'endroit.

— Élise et Victor…

Mes dents claquent. Je n'arrive pas à faire une phrase. Aux lèvres bleues de Sam, je devine que je ne dois pas valoir mieux. Mes jambes battent au fond de l'eau, tant pour me maintenir que pour ne pas mourir de froid. Je ne veux pas mourir, je ne veux pas. Pas maintenant. C'est trop con. Sam insiste :

— Emma, on doit remonter dans le Zodiac, sinon on va crever.

Il a raison.

— Il faut le soulever pour que le vent le retourne, je propose.

Le problème, c'est que si on fait ça, il va falloir lâcher la corde. C'est suicidaire : sous la poussée du vent, le Zodiac va se remettre à l'endroit mais être déporté loin de nous. Il faudrait saisir au vol la cordelette sur l'autre flotteur, et c'est pas du tout gagné. Trop risqué. Alors je sais ce qu'il me reste à faire.

— Je vais aller de l'autre côté, Sam.

— Hein ? Par en dessous ?!

— Non ! Je vais faire le tour, en suivant la corde, sans la lâcher. Ensuite tu vas devoir soulever de ton côté. Je vais passer sous le flotteur et te récupérer.

Sam est terrifié.

— Pourquoi moi ? Pourquoi pas toi ? C'est pas toi qui vas devoir tout lâcher d'un coup !

— Sam…

— Pardon.

Sam se mord la lèvre. Il a honte, mais encore plus peur.

— Je pense que tu arriveras mieux à le soulever, Sam.

Il fait oui avec la tête, mais n'a pas l'air convaincu. Avant qu'on décide quoi que ce soit, un cri nous fait tourner la tête : Victor nous hèle. Il nage vers nous doucement – on sent l'épuisement dans ses gestes lents et obstinés, ses bras qui claquent la surface dans un crawl désordonné. Il est du bon côté des vagues et vient s'accrocher au Zodiac en quelques minutes. Je suis tellement soulagée de le revoir, de sentir sa présence, je réalise que je l'ai cru mort, tout comme Élise. J'ai envie de le toucher, mais Sam est entre nous.

— Tu as vu Élise ? lui demande justement Sam.

Victor secoue la tête et Sam ferme les yeux, serre les dents. Ne pas penser à Élise. Pas pour l'instant. Je ne suis pas sûre qu'elle soit morte, et j'ai encore l'espoir de la récupérer, mais pour ça il faut qu'on remonte dans ce putain de bateau. J'expose mon plan à Victor, qu'il trouve bon et approuve.

— Si tu veux, Sam, t'as qu'à aller avec Emma. Vous tenez le Zodiac à deux, et moi de toute façon je vais lâcher seulement quelques secondes. Le courant me poussera vers vous.

Sam entame illico la progression en venant se coller à moi. Je longe la cordelette avec application. Nous sommes parfois soulevés par une vague qui nous empêche de continuer, nous oblige à nous plaquer au bateau en espérant que la corde tienne. Et continuer, lentement, bras à bras. Ne jamais relâcher une prise tant que l'autre main n'est pas arrimée solidement un peu plus loin. Le Zodiac n'est pas bien grand mais ça nous prend un temps fou pour arriver de l'autre côté. Je sais que j'ai moins froid parce que nous sommes en mouvement et concentrés.

— À toi ! je crie enfin à Victor.

— Prêts ?

Sa voix ne tremble pas.

J'échange un regard avec Sam. Il va falloir plonger sous le flotteur pendant que le Zodiac basculera pour retomber du bon côté, je dois être sûre qu'il est prêt lui aussi. Un geste de la tête pour dire oui, il tient fort la cordelette, moi aussi.

— OK pour nous !

Le Zodiac se soulève légèrement, reste en suspension puis retombe. Deuxième essai, deuxième échec. L'impuissance me rend furieuse, et je me demande si je n'aurais pas mieux fait de rester avec Victor pour soulever le bateau avec lui, quitte à devoir tout lâcher quelques instants. Mais au moment où j'envisage de refaire le tour pour le rejoindre, le bateau se soulève et, poussé par le vent, nous surplombe une seconde avant de se rabattre violemment sur nous. Je prends ma respiration et plonge sans lâcher la cordelette, espérant que Sam ait eu le temps de faire la même chose. J'émerge et il émerge près de moi, crachant et toussant, les mains toujours sur la corde.

On a réussi. Je reçois le corps de Victor contre le mien… et celui d'Élise. Je me hisse sur le Zodiac, poussée par Victor, et m'effondre au creux du bateau, une seconde seulement avant de tendre les bras pour aider Élise, puis Victor, à monter. Un à un, dégoulinant d'eau salée, lourds comme des menhirs, on s'écroule au fond du Zodiac.

— T'étais où ? je hurle de soulagement en secouant Élise.

— Dessous.

Sam, monté en dernier, lui malaxe la main sans parvenir à l'enlacer correctement. Nous sommes de nouveau assis tous les quatre, entiers. Trempés, grelottants, mais vivants.

— Dessous ? Sous le Zodiac ?

— Oui, quand il s'est retourné, j'ai coulé, et en remontant j'étais dessous. J'osais pas sortir. J'étais à l'abri, mais je savais pas si vous… J'avais… Putain, j'ai eu tellement peur !

Élise, pétrifiée depuis tout à l'heure, éclate en sanglots. Son visage dans ses mains, ses épaules qui tressautent, ses sanglots se muent en gémissement désespéré. On a tous envie de pleurer comme elle, mais c'est comme si elle pleurait pour nous tous. Ses larmes nous fédèrent soudain tandis que la nuit tombe et que le froid nous saisit. Nos estomacs grondent, mais il n'y a plus rien, pas même le pain qu'on avait gardé pour demain. Tout est passé à la flotte. Je me serre contre Victor, nos regards sont chargés de soulagement et d'un amour qui dépasse celui de notre âge. C'est un amour de survivants. Élise nous observe tous un par un. Sa bouche légèrement ouverte pour réguler ses essoufflements, elle semble sonnée, incrédule.

— Vous les avez pas vus, hein ?

La voix d'Élise se brise, on dirait que la peur ne l'a pas quittée. Ses larmes continuent de couler. Elle hoquette sans ostentation, rythme nos douleurs.

— De quoi tu parles ? lui demande Sam tout doucement en caressant sa nuque avec tendresse.

Je pense un instant qu'elle parle des secours. Est-ce que quelque chose nous a échappé, tandis qu'on s'efforçait de faire basculer le Zodiac ? Élise tremble sans pouvoir s'arrêter.

— Vous les avez pas vus ! Les requins, putain, je parle des requins.

VINGT-CINQ

Un silence choqué suit le cri d'Élise. Un refus peut-être, une consternation. Élise est toujours blême dans le soir qui tombe. Elle tend son regard et son bras vers l'eau.

— Vous les voyez, maintenant ?

Une ombre passe sous la navette, mais je refuse d'y croire. Aux mouvements de tourbillons qui trouent les vagues, je devine qu'une chose vient de nous frôler. Mais ça ne peut pas être un requin. Ma tête refuse d'accepter l'idée.

— J'ai vu un aileron ! Un putain d'aileron !

— Calme-toi, Victor, y a pas de requins ici.

Ma voix a tranché, autoritaire.

— Mais on sait pas où on est !

— On s'est éloignés des côtes, et…

Victor s'est figé. Sam aussi, les yeux exorbités comme le jour où, gamins, on a regardé *La Nuit des morts-vivants* chez mon père. Leurs yeux sont fixés sur la crête d'une vague. Sam essaie de parler mais il n'y arrive pas, ses lèvres bougent alors que rien n'en sort. Ne pas regarder, ne pas y croire. Sinon plus rien n'est possible, la peur va nous gagner jusqu'à nous laisser crever là.

Un requin, un putain de requin. On va se faire bouffer, c'est pas possible.

Je liste dans ma tête les différentes races inoffensives, et tente de rationaliser. Je me lève et, jambes écartées pour garder l'équilibre, je tire sur la ficelle du moteur, qui broute et s'éteint. C'est normal, il faut toujours plusieurs tentatives, je ne paniquerai pas. L'annexe est secouée par les courants et les vagues, Sam me tient par le ciré pour m'empêcher de tomber à l'eau. Je cale de nouveau le petit morceau de plastique entre index et majeur, tire fort et long, le bruit du moteur qui s'emballe me rassure et puis plus rien. Je me dis que si le moteur est en marche, on pourra s'éloigner d'ici. Vers où, j'en ai pas la moindre idée, mais il me semble que les requins, comme le reste du règne animal, ont des territoires. Peut-être que si on s'éloigne, celui-ci nous laissera tranquilles. C'est dérisoire, mais au moins j'agis. Sauf que le moteur ne veut pas m'obéir. Et je constate, désespérée, que la nourrice, notre réserve d'essence, est passée à la flotte quand le Zodiac s'est retourné. La nuit tombe, je distingue de moins en moins bien l'expression de mes amis. En revanche, je sens bien le coup reçu à tribord qui manque de me faire tomber. Alors je regarde, moi aussi, parce que mes paroles rassurantes ressemblent à du déni. Malgré la nuit qui s'étend, je fouille les ombres, accroupie à présent. Dans la secousse qui bouscule de nouveau le Zodiac, je suis persuadée de les voir. Pas un requin, mais des dizaines, leurs pointes noires à chaque sommet de vague. Je suis sûre que ni Élise ni Sam ni Victor n'ont imaginé ce qu'ils ont vu. Je sais aussi que j'ai eu raison de ne pas regarder avant. Et surtout, je suis soulagée de ne pas les avoir vus quand on était encore dans l'eau à tenter de retourner le

Zodiac. Je n'aurais sans doute pas réussi à garder mon calme, à organiser mes gestes. Rétrospectivement, des bouffées de terreur me traversent. Nos jambes battant l'eau, notre lente progression autour du Zodiac… les requins étaient déjà là, c'est sûr.

Ils sont plusieurs et ils tournent autour de nous comme des charognards autour d'une carcasse de vache. L'eau est agitée de remous et, tandis que la lune se lève, je distingue leurs ailerons partout, images de cauchemar, de films mythiques regardés sous une couette en frissonnant pour le plaisir. Nous sommes trempés jusqu'aux os, mais j'arrive encore à avoir un peu plus froid soudain, un froid intérieur, radical. Je me penche vers Élise qui pleure toujours, saisit sa nuque et attire son oreille contre ma bouche.

— Ça va aller.

— Non, ça va pas aller. Comment tu peux dire ça ?

La voix cassée, elle murmure, les mains jointes, serrées entre ses seins. Et je me demande, alors que je n'ai pas pensé à Clarence depuis un sacré bout de temps, comment il réagirait s'il était avec nous. Non que ça ait une véritable importance, mais je ne peux pas m'en empêcher. En vérité, je me demande si nous sommes en train de payer pour sa mort.

— Arrêtez de flipper, y a pas de requins, c'est juste un gros poisson qui est passé sous le Zodiac, balance Victor, presque agressif.

— Tu déconnes ?

Je suis tellement persuadée de les voir que c'est Victor qui me semble délirer. Une façon de résister à la peur, peut-être. Il ne répond pas, et je lui en veux d'échapper à la terreur commune.

— Tu dis n'importe quoi.

Il serre ma main, n'argumente pas contre mes certitudes.

La nuit est là, les requins – combien ? trois ? douze ? – me semblent émerger au bout de chaque vague, et parfois quelque chose heurte le Zodiac. Eux ? Leurs mâchoires énormes, barbouillées du sang de leurs proies, envahissent ma tête.

— Vous croyez qu'ils peuvent mordre les flotteurs ?

Une vague de haine me traverse à entendre cette question dans la bouche de Sam. On se la pose tous depuis tout à l'heure, comment ne pas, mais je lui en veux de dire l'indicible. Si je me tais, recroquevillée, le cœur tassé tout entier dans ma gorge, c'est pour ne pas me mettre à hurler de terreur à l'idée que ces monstres existent, qu'ils sont là autour de nous, j'en suis sûre, et peuvent croquer notre esquif qui se dégonflerait comme une vulgaire bouée.

— Ta gueule, Sam.

C'est pas moi, c'est Élise. Le silence, ensuite, un silence d'effroi, un effroi tel que nous sommes séparés les uns des autres, soudain, malgré nos mains qui se sont naturellement liées. Aucune communion possible, j'en suis persuadée, dans ces instants qui nous semblent précéder une mort ignoble. Si on en réchappe, alors il sera possible de se raconter une histoire commune. Mais pour l'instant, je ne ressens que de la peur et mes pensées se bloquent. Seul mon corps enregistre les coups et leur intensité. Je vois encore des rangées de dents sanguinaires à travers mes paupières serrées, des corps mutilés, un bain de sang. Je repasse en boucle dans ma tête cette scène d'un film animalier où un requin de plusieurs tonnes croque en plein vol une otarie. J'essaie désespérément de penser à autre chose, de fixer mon esprit ailleurs pour apaiser mes nerfs. Mais je reviens toujours aux petits yeux fixes et à la gueule carrée des prédateurs. Je ne regarde pas, mais deviner est pire que voir. Je rassemble toute mon énergie pour suivre mentalement une mouette en vol au-dessus d'une ville portuaire. Cette illusion de liberté me sauve de la folie, je crois. Victor ne dit plus rien, il est abattu, les yeux clos, le visage gris dans la nuit qui tombe.

Et peu à peu, il me semble qu'ils s'espacent, les coups de boutoir contre notre radeau. Mais je serais bien incapable de dire depuis combien de temps je les écoute, ébranlée de la tête aux pieds à chaque fois que le Zodiac bouge. Maintenant je regarde, je ne peux plus m'en empêcher. Je cherche sur l'eau les ailerons noirs qui sillonnaient les flots autour de nous. Je suis des yeux les vagues, soulagée lorsqu'elles s'écrasent ou s'éteignent, pétrifiée lorsque la crête de l'une d'entre elles fonce sur nous. Oui, deviner, c'est bien pire que voir.

Aucun bras ne traîne au-dessus de l'eau. Nous sommes en tas au milieu du bateau en caoutchouc gris qui ne m'a jamais paru aussi petit et fragile. Depuis des heures, sans doute. Immobiles. Aux aguets. En suspension. Déjà morts ?

Je crois que je m'endors. Pas un sommeil paisible, réparateur, pas même un évanouissement salvateur. Plutôt une demi-veille où ma conscience divague, où je n'ai plus notion de rien sans pour autant me reposer vraiment. Je tiens la main de Sam et celle de Victor. Nous formons une drôle de ronde, tous les quatre, glacés et affamés. C'est à mon arrière-grand-père que je pense soudain, mort en mer. Je me demande s'il s'est noyé ou s'il a connu la terreur de ces remous-là, autour de lui, sans même la fragile protection d'un radeau.

Les premières lumières du jour rasent l'horizon quand je réalise que le Zodiac n'a plus été percuté depuis un long moment. Ma tête repose contre le caoutchouc du gonfleur, celle de Victor est nichée dans mon cou, entre épaule et menton. C'est le visage de Sam que je croise en premier. Nous ne bougeons ni l'un ni l'autre. Il s'est redressé, le corps endormi d'Élise est recroquevillé contre lui, sa tête sur ses genoux. Il lui caresse les cheveux machinalement, le regard vieilli de dix ans. Ses lèvres sont éclatées, blanchies par le sel et gercées. En passant ma langue sur les miennes, je devine qu'elles sont dans le même état. J'ai l'impression que l'intérieur de ma bouche est en carton. J'ai tellement soif que j'en oublierais presque les requins.

— Je crois qu'ils sont partis, chuchote Sam.

Nous ne sommes même pas en état d'en sourire. Du fond du Zodiac monte une odeur d'urine – la nôtre. Nous n'en avons pas parlé, trop honteux, bousculés par cette intimité forcée.

La mer est plus calme ce matin, le vent a faibli.

Sam essaie de parler mais il est incapable d'en dire plus. Il tend le bras vers moi, puis touche sa tête.

— Tes cheveux…

Je ne comprends pas ce qu'il veut me dire. Sa main retombe, impuissante – le moindre effort nous épuise. Les yeux plissés, je cherche sur l'eau des signes de leur présence. Eux. Les monstres à plusieurs rangées de dents, ceux qui ont hanté notre nuit, cogné notre radeau. Je ne les vois pas. Chaque nuance irisée me fait louper un battement de cœur, le moindre courant, clapot, repli liquide, irrégularité des vagues. C'est là que je réalise : les vagues se sont énormément apaisées.

Le Zodiac est bercé plus que malmené, il n'y a plus de risque d'être renversés. Du moins pour l'instant.

Le ciel lui-même n'est plus un amas de gris. Pas de bleu, mais une lumière blanche qui blesse nos yeux fatigués, caresse nos peaux.

Victor bouge, sa tête quitte mon cou. En mouvements lents et désorganisés, il se décale, replie ses jambes en tailleur et regarde l'océan. Lui aussi semble se remettre à respirer normalement en constatant le départ des requins. Quand il essaie de me sourire, du sang perle sur ses lèvres. Il l'essuie en grimaçant.

— Tes cheveux.

— Qu'est-ce qu'ils ont, mes cheveux ? Sam aussi m'a dit un truc sur mes cheveux.

Parler est une épreuve. Ma gorge sèche émet des sons rauques, je m'essouffle vite.

— Ils sont blancs.

J'écarquille les yeux, touche ma tête, incrédule.

— Tu déconnes.

— Pas partout mais toute ta mèche, devant.

Puis il ajoute :

— C'est très joli, tu sais.

Et ce compliment est tellement incongru dans notre situation que l'envie de rire gagne sur le reste.

Nous tournons nos visages vers le ciel et un hypothétique hélicoptère de sauvetage. Rien de rien. Pas de moteur, pas d'hélice qui fendrait les nuages, pas d'eau potable.

Élise a les yeux ouverts, et pendant quelques secondes je me demande si elle est morte pendant la nuit – de peur, de froid, d'épuisement. Ou de déshydratation, parce que c'est ce qui nous guette à présent. Mais son regard se déplace et elle observe à son tour le ciel.

Nous sommes trop fatigués pour manifester la moindre volonté. Apaisés par l'absence des requins et une mer plus calme, nous plongeons à nouveau dans le sommeil. Je ne sais s'il reste en nous plus d'espoir que de fatalisme. Je crois qu'on essaie juste de tenir le plus longtemps possible. Attendre les secours. Ne pas mourir. Dormir pour ne pas avoir soif. Je sombre en tortillant ma mèche blanche autour de mon index, frottant mes cheveux salés contre mon pouce, comme quand j'étais toute petite.

VINGT-SIX

On dérive depuis longtemps, je ne sais pas combien de temps exactement. Personne ne demande l'heure à Victor, lui-même évite de regarder sa montre. Je crois que nous allons devenir fous, je crois que nous allons mourir. Après avoir eu si froid, une drôle de chaleur m'envahit.

— C'est la fièvre, me glisse Victor en touchant mon visage du plat de la main. Tu es rouge et brûlante.

Il ne m'empêche pas de retirer mon pantalon, mais quand il comprend que j'envisage de descendre du Zodiac pour me rafraîchir dans l'eau, il réagit.

— Emma, tu délires. C'est dangereux.

— Y a plus de requins.

— Même. Et puis je suis pas sûr pour les requins de toute façon. C'est surtout que tu vas tomber malade.

Je suis déjà malade, et je ne comprends pas ce qu'il me dit. Je suis en colère soudain, contre lui qui met en doute la présence des requins, et contre les autres quoi qu'ils pensent, j'ai l'impression d'être seule contre tous. Sam et Élise me dévisagent sans passion, avachis sans le moindre tressaillement, leurs yeux vides comme ceux des poissons. Je me sens prête à rentrer sur le continent à la nage. J'ai soif, tellement soif, et envie de vomir en même temps. Et puis j'ai tellement chaud ! Quelque chose s'est brisé en moi, une digue de raison. La fièvre, sans doute, l'épuisement et les heures terribles à attendre la mort. À cheval sur le flotteur, serrée par Victor qui tente de me retenir, je balaie l'horizon du regard et reste bouche bée.

— Là !

— Quoi ?

— La terre.

Les trois rassemblent le peu d'énergie qu'il leur reste pour suivre la direction que je pointe du doigt. Si on n'a pas vu la côte plus tôt, c'est parce que le ciel opaque descendait dans la mer en un brouillard trop dense pour être percé. La lumière, pauvre mais rasante, nous révèle une terre qui nous semble lointaine, mais dont la réalité nous percute.

Oubliés, les requins : nos mains s'enfoncent dans l'eau pour servir de rames. Quatre mains ouvertes en cuillère luttent pour manœuvrer le Zodiac vers notre survie. Épuisés mais fous de joie, nos gestes sont lents, nous puisons dans nos réserves. On dirait une île. De là où nous sommes, on devine une ou deux maisons en haut des falaises, pas plus, mais c'est suffisant pour nous redonner l'espoir d'être secourus, la certitude de vivre. La présence d'un phare ajoute à notre joie. C'est maintenant que j'ai envie de pleurer – le soulagement, le bout de la route.

Pourtant la côte est encore loin et on rame longtemps avant de voir ce qui nous attend : il nous faudrait passer entre les deux récifs en vue, là où l'eau s'engouffre violemment et remonte jusqu'en haut d'une langue de sable qui doit être une plage à marée basse. Au-dessus : de larges falaises déchirées de pierre noire.

Les mouettes fondent sur nous, survolent l'embarcation et repartent en poussant de grands cris. Elles me rassurent terriblement, leurs ricanements me réjouissent.

Plus on s'approche, plus le ressac est puissant, et notre Zodiac monte haut sur les vagues, l'eau bouillonne sous nos mains, les embruns moussent autour de nous. À cause d'un courant qu'on ne peut pas maîtriser, il est aspiré vers les récifs, et malgré tous nos efforts, le risque de finir broyés contre la roche est énorme. Ce serait trop con, après tout ce qu'on vient de vivre, de mourir bêtement, à quelques mètres de la terre ferme !

— Il faut qu'on quitte le Zodiac !

— T'es dingue ? s'affole Victor.

— Elle a raison.

Sam soutient ma décision. Pourtant il fait peur à voir, sa pâleur cadavérique vaut bien mes rougeurs fiévreuses. On ne ressemble plus à rien. Ou plutôt si : à des morts-vivants.

— On va se faire déchiqueter si on reste à bord, ajoute Élise.

— Mais le courant va nous pousser sur les rochers de toute façon !

— Pas si on nage, Victor.

On ne doit pas hésiter, on ne peut pas se le permettre, et pas non plus douter. Pour éviter atermoiements et discussion, et parce que l'urgence me dépasse, je saute. L'eau glacée m'accueille et m'électrifie.

— Emma !

Victor est accroupi dans le Zodiac, les deux mains posées sur le flotteur. Je ne réponds pas, mais leur fais signe de venir aussi. Élise est la première à me rejoindre. Sam aide Victor à descendre, l'encourage. On ne doit pas craquer maintenant, toutes nos forces doivent aller vers la terre. Je vise la langue de sable et nage, nage, nage. Contre le courant, contre les vagues, contre la mort. Je n'attends personne. Au point où nous en sommes, chacun se replie sur lui-même et donne tout pour continuer. Sentir mes amis près de moi est un gros réconfort, mais je sais qu'aucun d'eux ne peut rien pour moi, que ma survie dépend uniquement de ma propre résistance. Je supplie des dieux auxquels je ne crois toujours pas pour qu'on arrive entiers jusqu'au rivage.

J'avale de l'eau salée, je tousse, lance bras et jambes dans la bataille. Du haut de la falaise, nos luttes doivent sembler ridicules et désordonnées, mais en haut de la falaise, il n'y a personne. Du moins je le pense, jusqu'à ce que, surgissant du flanc de la roche, et dans un flou d'eau plein les yeux, je devine deux silhouettes qui s'approchent du rivage. Des gens ! Des humains qui vont nous porter secours, enfin. Et enfin, du bout de mon pied nu, débarrassé depuis longtemps de mes chaussures, je sens le sol. Juste un effleurement des orteils avant qu'une vague ne me soulève de nouveau, mais ce contact m'a redonné des forces et multiplie mon énergie par quatre. Un homme s'avance dans l'eau jusqu'à la taille et me hèle, tend les bras vers moi et m'attrape la main. Au ressac suivant, je m'accroche à ses épaules et je sens qu'il me tient fort, me tire vers le rivage. Sous mes pieds, le sable. Seule l'eau qui m'arrive encore aux cuisses me permet de ne pas tomber. Je ne marche pas vraiment, je titube, presque portée par mon sauveur, qui me presse de continuer à mettre un pied devant l'autre. Il est grand et barbu, sa vareuse est trempée. Son débit est lourd et rassurant, il ne cesse de me parler, comme pour m'éviter de m'évanouir.

— La mer monte, il faut que tu avances jusqu'au sentier des douaniers. La marée ne va pas aussi haut, tu pourras t'allonger. Et puis il faut que j'aille aider tes copains. Tu comprends ce que je dis ? Tu t'appelles comment ? Fais-moi un signe si tu as compris !

— D'accord, j'arrive à articuler.

Je suis d'accord pour tout : me coucher sur le sentier des douaniers, qu'il aille repêcher mes amis, je suis d'accord pour tout. Je suis vivante ! Il m'accompagne au travers du morceau de plage, jusqu'au début du chemin, se retourne.

— Y en a déjà deux qui sont sortis de l'eau aussi, vous êtes trois, c'est ça ?

— Quatre.

— Alors allonge-toi, voilà, c'est bien. Moi, c'est Vincent. Bouge pas trop, je vais aider les autres et je reviens.

On est quatre, oui. On était cinq. Je ne lui dis pas. De toute façon, il est déjà reparti. On était cinq, mais l'un d'entre nous s'est noyé pendant le naufrage. On était cinq, mais l'un d'entre nous s'est fait bouffer par les requins. On était cinq, mais…

— Emma !

Sam s'écroule près de moi. Un drôle de rire le secoue.

— Ça va ?

— Putain, on est vivants. On est vivants, Emma !

L'odeur de bruyère et de terre me fait monter les larmes aux yeux. Je roule sur le côté, me soulève sur les coudes et parviens à me retrouver à genoux, le buste tourné vers la plage. Le type est déjà reparti. Je le vois interpeller son ami, aller à sa rencontre pour l'aider à tirer un corps hors de l'eau. Aux manches de son pull, je reconnais Élise. Inerte, tête renversée. Les types l'allongent dans le sable malgré la marée montante, et celui qui nous a aidés Sam et moi se penche au-dessus de son visage – il doit lui faire du bouche-à-bouche. Son corps convulse et elle vomit un geyser d'eau avant de se redresser difficilement.

— Élise est vivante.

Sam soupire de soulagement. Il garde les yeux fermés, bras en croix. Sa poitrine se soulève en sifflant, mais je le vois sourire.

— Et Victor ?

— Je sais pas. L'autre type est resté près d'Élise. Le barbu est retourné dans l'eau.

— C'est pas un type, c'est une femme qui m'a sorti de l'eau. L'autre m'a aidé à remonter sur le sentier.

— Ben, elle est avec Élise, je crois qu'elle essaie de la relever pour l'amener ici.

Je vois la tête de l'homme, Vincent, son buste immergé, je vois comme il lutte contre la puissance du ressac. Je ne vois pas Victor. Mes paupières vibrent et j'ai du mal à garder les yeux ouverts alors je les ferme. Le son des vagues sur les brisants résonne encore plus fort, les cris des mouettes aussi. J'ouvre les yeux, même si ça fait un peu mal. Une lumière rasante fait briller l'eau.

Je ne vois pas Victor.

L'épuisement me tombe dessus et je me sens glisser – après, c'est le noir.

VINGT-SEPT

Ils disent qu'on a eu une chance folle. Ils disent que tout le monde nous croyait noyés, que les Irlandais ont signifié notre départ aux autorités françaises. Que nos parents ont été prévenus. Ils disent que sur l'île, il n'y a qu'un dispensaire, pas d'hôpital. Nous sommes dans des lits blancs, j'ai une perfusion sur le dos de la main, ça tire un peu, mais ça ne fait pas mal. Réhydratation, ils disent. J'ai mangé une compote à toutes petites cuillerées, sans réussir à la finir.

Mes mains tremblent. C'est peut-être ça qu'on ressent, quand on est très vieux. Le corps qui ne répond pas, les gestes impossibles, la fatigue qui submerge tout, soudain.

La première fois que je me suis réveillée, j'ai demandé si Victor allait bien. Je ne l'avais pas vu sortir de l'eau. Un homme très doux – je crois que c'est le médecin, ici sur l'île – m'a rassurée, ou à peu près. Il m'a aidée à me redresser et m'a encouragée à regarder autour de moi. Victor, Sam et Élise dormaient dans des lits comme le mien, sous perfusion eux aussi. Leurs visages n'étaient pas beaux à voir, et j'ai su que je leur ressemblais.

La tempête nous a emmenés loin, très au large. Puis les courants nous ont rabattus vers les îles bretonnes. On est à Ouessant. C'est drôle, je suis venue en vacances ici avec mon père il y a quelques années. On avait pris le bateau au Conquet, les lumières d'après la pluie luisaient sur le pont. Assis comme dans un bus, les gens regardaient leur montre tandis que je trépignais en mettant ma main en visière, m'imaginant seule à bord. Il avait neigé pendant notre séjour et même les vieux disaient n'avoir pas vu ça depuis si longtemps qu'ils n'étaient pas sûrs de s'en souvenir. Mon père avait l'air heureux, ou du moins sa mélancolie traînait des effluves de grâce qui passaient en sourires et en initiatives. C'est fou d'être ici, je n'arrive pas à faire le lien. Pour moi, cette île, l'île de notre accostage, ne peut être qu'une île du milieu de l'océan, une île très lointaine. Il me semble impossible qu'elle soit même habitée. Elle aurait dû être déserte. Nous aurions dû y mourir.

Pourtant ils expliquent les vents, les chemins maritimes. Je n'écoute pas vraiment.

Nos parents vont venir, on repartira avec eux quand on ira mieux. Ah, là, j'écoute. Mais je suis incapable de dérouler une pensée cohérente.

Quand je ferme les yeux, j'espère qu'ils vont se taire. Souvent, c'est ce qu'ils font. *Il faut les laisser se reposer, ils reviennent de très loin.* Mais quand je ferme les yeux et qu'un silence relatif m'accueille, ce n'est pas dans un sommeil bienveillant que je bascule. Non, c'est dans l'eau que je tombe, l'eau glacée, sombre. Et derrière l'opacité des vagues noires, il y a le surgissement des requins, gueule ouverte, ou celui du visage de Clarence, les yeux arrachés par les poissons.

Je me demande si j'arriverai à m'endormir de nouveau un jour sans cauchemar. Sans visions. Quand j'étais enfant, il paraît que je m'endormais là où on me couchait, qu'il suffisait de compter jusqu'à trois pour voir mon visage se ramollir, mes lèvres entrouvertes exhaler la respiration bienheureuse des meilleurs dormeurs, les marathoniens de la nuit, dix heures en profondeur et le vaisselier aurait pu répandre son contenu sur le sol de la cuisine sans que je cligne d'une paupière.

J'apprends le nom de nos sauveurs : Vincent et Juliette. Ils vivent dans le phare, Vincent écrit des histoires, Juliette fait cours aux enfants dans l'unique école de l'île. Ils adorent marcher à fleur d'eau, longer la falaise, arpenter le sentier des douaniers. C'est grâce à leur goût pour les lisières qu'ils ont pu venir à notre secours. J'ai reconnu leurs voix, surtout la sienne, à lui. Il voulait savoir si on allait mieux. Je voudrais lui dire merci, mais j'ai une énorme colère en moi, celle de ne pas avoir été secourue avant. Je ne comprends pas pourquoi personne n'était là quand *Le Céladon* a sombré, pourquoi personne n'était là quand le Zodiac s'est retourné, quand les requins nous ont cernés, quand la soif nous a rendus dingues.

J'apprends que le Zodiac a été broyé par les rochers, et qu'on a eu raison de se mettre à l'eau. Je me demande si je m'en serais sortie sans aide ou si je serais morte à cinquante mètres de la plage, dans les rouleaux de la marée montante.

Et en sachant que les parents arrivent, la panique m'envahit à cause de Clarence.

Est-ce qu'ils savent ? Oui, forcément, ils savent. Mais les autres, qu'est-ce qu'ils diront ? Sam a détaché les cordes du spi qui retenaient Clarence au bastingage.

Mais Victor ? Et Élise ? Est-ce qu'ils diront ce qu'ils savent ?

Je me réveille en sueur, repousse mes couvertures, grelotte quelques minutes plus tard. Je ne sais pas à quel moment de la journée nous sommes. Je ne sais pas si nous sommes là depuis longtemps. En tournant la tête vers la fenêtre – un ciel clair, rassurant –, je croise le regard de Victor. Il tente un sourire qui ressemble à une grimace, ne me parle pas. On reste comme ça un long moment, nos regards accrochés. Je ne sais pas ce qu'il pense. Moi, je le revois sur la lande, son appareil photo devant le visage, et je me souviens de son air abasourdi quand on a remonté le corps de Clarence sur le pont. De mon soulagement quand, après que le Zodiac s'est retourné, je l'ai revu en vie.

Je ne sais pas lequel de nous ferme les yeux en premier et se rendort.

Ils s'agitent, autour de nous. Même s'ils baissent la voix, je devine que quelque chose se passe. Les yeux entrouverts, je me réserve du répit, le droit de ne pas y être.

Je me demande si le père de Clarence sera là, ou s'il aura laissé la mère de Victor venir seule. D'étranges questions me traversent, comme de savoir si on peut continuer de s'aimer après quelque chose comme ça.

Leurs pas dans le couloir, ils sont nombreux, ont dû prendre le même bateau pour venir du continent.

Le goût du sel reste dans ma gorge et se mélange à mes déglutitions de plus en plus anxieuses. Je sais que les autres ont émergé aussi. Comme moi, ils se taisent, revivent l'horreur, n'en reviennent pas tout à fait. Et si je me réjouis de revoir mes parents, la trouille ne me lâche pas. Je crois que je pourrais disparaître. De peur et de honte. Qu'est-ce qu'on va dire aux adultes ?

Clarence s'est noyé.
Il s'est noyé pendant le naufrage.
Il n'y a rien d'autre à dire.

— Emma !

L'odeur de ma mère m'oblige à ouvrir les yeux. Elle touche mon visage, mes mains, n'ose pas les serrer trop fort. Derrière elle, mon père et mon grand-père. La pièce résonne de chuchotements bruyants, d'exclamations et de larmes. Mon grand-père s'approche plus près, il serre mon épaule de son unique main, son moignon vient toucher le creux de mon coude. Il me semble très vieux, je sens son soulagement. Il lâche mon épaule pour caresser mes cheveux. Sa main tremble un peu quand il caresse ma mèche blanche. Les trois regardent cette nouvelle couleur qui n'en est pas une, qui est l'absence même de couleur, la marque de ma peur. Pourquoi moi et pas les autres ?

Je les cherche des yeux maintenant, j'ai besoin de les voir et de savoir ce qu'ils ressentent.

Élise apprend que ses parents attendent un vol pour rentrer d'Afrique. On réalise l'inquiétude dans laquelle tous ont dû être, nous sachant en mer au milieu de la tempête, sans parvenir à nous joindre. Sa grand-mère n'arrête pas de parler, elle est dans tous ses états, pleure et rit en même temps, répète qu'ils ont assiégé les gardes-côtes, supplié l'association de sauveteurs dès qu'ils ont compris qu'on avait quitté le port irlandais. Malgré les recherches, le bateau de secours ne nous a jamais trouvés.

— On ne les a pas vus non plus, conclut Élise.

Victor est enfoui dans les bras de sa mère qui sanglote. Sam essaie de raconter, échoue lamentablement.

Et sans que personne lui ait rien demandé, mais parce qu'il faut bien que quelqu'un le dise, Élise se lance, un peu fort pour que tout le monde entende :

— Clarence s'est noyé, il est tombé pendant le naufrage. On n'a rien pu faire.

Sa voix se casse mais elle ne craque pas, nous regarde un par un, s'attarde sur moi. Je lui souris à peine, la remercie des yeux, les mains crispées sur le drap. Ils le savent déjà, et le père de Clarence n'est pas avec eux.

Mon grand-père se penche vers moi sans cesser de caresser mes cheveux.

— Ma Doucette, il murmure.

LA VÉRITÉ

« La mort viendra et elle aura tes yeux. »

Cesare Pavese

VINGT-HUIT

On était tous sur le pont, personne ne pourra prétendre le contraire. Clarence n'avait pas quitté son air hargneux depuis qu'on avait repris la mer. Il donnait des ordres à Victor, qui ne comprenait qu'un mot sur deux. En utilisant le vocabulaire marin incompréhensible à qui n'y est pas familier, Clarence rendait ses consignes floues et laissait Victor en galère, obligé de quémander des explications à tout bout de champ, ou condamné à se tromper de voile ou de cordage. Ça m'a mise en colère. D'ailleurs, je l'étais depuis un moment déjà, écœurée par l'attitude de Clarence qui comptait si fort pour moi et se comportait encore si mal. J'avais toujours pensé qu'il était le plus fort d'entre nous, puissant, magnanime, mature. Il était devenu veule, agressif et mesquin. Le pire, c'est qu'il semblait s'amuser méchamment du désarroi de Victor, qui titubait à la manœuvre, maladroit et terrien. J'aurais aimé penser que c'était un égarement, mais je savais que c'était plutôt une confirmation. C'était juste devenu impossible à ignorer. J'entendais la voix de mon grand-père : « Méfie-toi de celui-là, Emma. Il a l'air fort, mais dessous c'est du vent. » J'avais aimé Clarence si fort, c'était insupportable de le voir agir comme un enfant cruel. Je comprenais soudain que la belle présence solaire qu'il affichait depuis toujours pouvait se fendiller face au premier qui lui faisait de l'ombre, un danger pour lui.

— Paré à virer ?

Il a gueulé ça alors que Victor était à bâbord, si près de l'eau, empoté comme un qui ne sait pas, parce qu'il ne savait pas, évidemment, que la voile allait passer brusquement de son côté, violemment, même, puisque le vent nous poussait par l'arrière. Et que la bôme en acier arriverait sur lui à une vitesse qui ne lui laisserait pas le temps de se baisser, et l'enverrait par-dessus bord en lui pétant un bras au passage. J'ai essayé d'accrocher le regard de Sam, mais il observait encore Clarence, la bouche entrouverte, sidéré par la situation. Il y avait un mélange de dégoût et d'impuissance dans les plis de son visage. C'est Élise qui a crié la première :

— Arrête, Clarence ! Fais pas ça !

Et Sam a hurlé, devinant que Clarence n'écoutait plus rien ni personne :

— Victor, fais gaffe !

Comme un lapin pris dans des phares, Victor écarquillait les yeux sans savoir ce qu'il devait faire, immobile, titubant pour garder l'équilibre.

Dans le sourire de Clarence, dans le mouvement impulsé à la roue du gouvernail, j'ai su qu'il allait le faire. Il était prêt à tuer pour retrouver tout son pouvoir.

La gaffe était à mes pieds, la perche au bout crochu dont on se sert pour attraper une bouée ou décrocher des drisses emmêlées tout en haut du mât. J'ai attrapé le long bout de bois verni sans même en sentir le poids, et j'ai fauché Clarence avant qu'il ne fasse tourner la roue.

Il a lâché le gouvernail et a basculé dans l'eau.

C'est allé si vite, on aurait pu croire qu'il avait plongé pour aller nager, avec son caban sur le dos.

Quand on l'a repêché, j'ai compris que le crochet lui avait saisi la nuque avant qu'il tombe. Peut-être qu'il était déjà mort avant de remonter à la surface. Ou qu'il s'est noyé, inconscient. Je ne le saurai sans doute jamais et je ne crois pas que ça fasse une grande différence.

On s'est regardés, sidérés. Sans l'impulsion sur la barre, le voilier s'est décalé face au vent, voile battante, et la bôme n'a jamais atteint Victor.

J'imagine que c'était un peu comme de la légitime défense, même s'il ne s'agissait pas de moi mais de Victor. Oui, je peux me rassurer de cette façon, me dire que c'était lui ou Victor, et que j'ai fait un choix.

Je ne sais pas ce qu'en pensent les autres, mais en tout cas, ils se taisent, s'en tiennent à la version d'Élise.

Personne ne parle de la baston au pub irlandais.

Personne ne dit que nous savions, pour la tempête qui arrivait, ni que nous étions encore en mesure de rester à terre. Et que Sam a insisté pour que nous prenions la mer au plus tôt.

Personne ne raconte le canot de secours détruit par Clarence.

Personne n'évoque la vanne que Victor a oublié de refermer dans les toilettes du *Céladon*.

Personne ne s'engage dans le récit de nos discordes, pas plus que du coup de folie d'Élise, lorsqu'elle a tenté de me jeter hors du Zodiac.

Personne ne dit que c'est moi, et moi seule, qui ai tué Clarence.

Il y a cette règle immuable, je crois, cette règle maritime que je fais mienne et que mes amis semblent valider : ce qui se passe en mer reste en mer. Je décide que notre silence n'est pas coupable, même si mon geste l'est.

Aucun adulte n'insiste pour avoir les détails. Plus tard, peut-être, ils oseront. Mais pour l'instant, nous sommes des miraculés, des héros. Des assassins.

Nous apprenons à nous taire. Sachant confusément que ce silence nous engage et nous lie pour toujours.

VINGT-NEUF

Le regard de Victor me fouille, cherche à savoir ce que je pense en évitant de me poser la question – trop intrusive et si banale. Mais c'est moi qui suis perdue.

— Alors ? C'est quoi que tu voulais me montrer ?

Ma curiosité lui redonne le sourire. Il commande deux cafés et tire sa chaise près de moi. On dirait qu'il hésite, ou bien il attend juste les cafés. Je suis émue à cause de nos cuisses qui se touchent sous la table, à cause de ses grandes mains qui malmènent le bas de sa chemise, ratissent ses cheveux, reviennent se poser sur les miennes. Il est beau. On lève tous les deux la tête vers le serveur de *La Peste Écarlate* qui vient déposer devant nous les coupelles et les tasses. Il nous sourit, connaît notre aventure – qui n'en a pas entendu parler, par ici ?

Ça n'a pas été facile de nous faire monter sur le ferry qui assure la ligne entre Ouessant et le continent. Sur le quai, nous étions pâles et fragiles, rétifs. Dès que le bateau a quitté le port, Victor s'est penché par-dessus bord pour vomir.

La traversée durait une heure, que j'ai passée à fixer l'écume qui caressait les flancs du bateau.

Mon grand-père ne me lâchait pas d'une semelle. Sans rien dire, il restait près de moi, regardait dans la même direction, prenait mon bras de temps en temps.

En quittant l'île, j'ai senti une sorte de regret, un arrachement étrange. C'est là qu'on avait trouvé le sol sous nos pieds, sur ce bout de caillou, précisément.

C'est sur ce caillou-là que j'ai reconstruit l'histoire pour ne pas être une meurtrière.

Clarence aurait pu tomber du bateau, il aurait pu être noyé, il aurait dû être plus prudent. Moins con, aussi.

Je lui parle, parfois, surtout la nuit. Pour l'insulter, lui demander pardon. Je repense à ce qu'il disait sur la capacité à tuer et à survivre. Je fais partie des survivants, pas lui.

Quand on est arrivés au Conquet, des journalistes nous attendaient, des gens du coin aussi. Mais la troupe des parents nous a protégés des mille questions. Chacun avait garé sa voiture à l'orée du port et nous avons été séparés pour la première fois depuis qu'on avait repris la mer. J'ai senti un grand déchirement, un soulagement aussi. Une journaliste a quand même réussi à me prendre en photo pour la une du journal local, avec mes yeux creux et ma mèche blanche. Maman a essayé de me le cacher, je ne sais pas pourquoi. Quelle importance ? Comme si j'avais besoin d'un article pour me remémorer l'enfer.

Et puis surtout, il y a eu le père de Clarence, qui est venu pour me parler, mais Maman n'a pas voulu. Je les ai entendus discuter dans la cuisine, et crier aussi. Il avait bu, m'a expliqué ma mère. Elle m'a dit ensuite que je n'avais pas à subir ça, même s'il souffrait. Victor les a surpris plusieurs fois en train de s'engueuler, lui et sa mère. Ça le rendait fou que Victor soit vivant et son fils mort.

— Sam et Élise vont pas tarder, mais je voulais te montrer ça avant.

Il glisse une main fébrile dans la poche de son blouson.

C'est Victor qui a rassemblé tout le monde, pour fêter les résultats du bac. Sans surprise, on l'a tous eu. Mention pour Victor, Élise et moi. On a accueilli les résultats sans enthousiasme excessif, mais quand même, c'est notre passeport pour continuer ailleurs, échapper à la conserverie.

Pour l'instant, ni Élise, ni Sam, ni moi n'avons eu le cœur à retourner au club de voile. Notre naufrage nous revient et nous retient, nous empêche, et peut-être pour longtemps. On dit qu'après un accident de voiture, il faut vite reprendre le volant. Pour le moment, aucun d'entre nous n'a eu envie de reprendre la barre, mais j'ai du mal à imaginer ne plus jamais prendre la mer. Parfois, le soir, je sens les mouvements du *Céladon*, ce petit vertige d'un sol mouvant. Cette illusion-là, j'en rêve aussi, il m'arrive de naviguer une nuit entière, mais ça se termine souvent en cauchemar. Et puis aller au club sans Clarence, ce serait comme un non-sens. Je crois que ces lieux-là sont trop marqués par sa présence pour que je puisse y retourner sereinement. Pourtant, il paraît que Jacques s'est drôlement inquiété.

La mère de Victor a voulu organiser une cérémonie, pour Clarence. Un rendez-vous sur le port, des fleurs qu'on aurait jetées dans la mer, des poèmes peut-être, et on a tous dit d'accord. Ça m'angoissait de me retrouver au milieu des gens, pleurant avec eux une mort dont j'étais responsable, mais je savais que c'était une bonne idée, une manière de lui dire adieu autrement – mieux, surtout. Mais deux jours avant la cérémonie, la mère de Victor et le père de Clarence se sont encore engueulés et ont décidé de se séparer. C'est le père de Clarence qui a annulé la cérémonie. Victor m'a dit qu'il était soulagé, et je n'ai pas osé lui demander s'il l'était à cause de la séparation ou de l'annulation. Sa mère et lui vivent maintenant dans un quartier plus près du port, mais sa mère envisage de déménager, quand Victor partira après l'été faire ses études – dans la même ville que moi.

Victor et moi, je crois que ça va continuer, ou reprendre, ou recommencer. Je ne sais pas quel mot mettre sur notre relation, avec ce qu'on a traversé. Mais j'aime la façon délicate qu'il a de nous envisager, de prendre en compte ces jours terribles sans leur donner une importance qui mangerait l'avenir.

Ma mèche est restée blanche, et je ne veux pas la teindre. Victor persiste à trouver ça joli, il me l'a dit tout à l'heure, en arrivant au café. Moi je la porte comme un tatouage ou une cicatrice – presque fièrement.

Parce que j'ai survécu.

Victor sort de sa poche un petit paquet de photos et les pose devant moi. Quand je comprends de quoi il s'agit, mes yeux se brouillent et je dois serrer les dents pour ne pas chialer, ravaler les larmes qui se pointent en fanfare.

— J'avais pris la carte mémoire dans un pochon en plastique. Elle était dans la poche arrière de mon jean, je l'avais oubliée. Quand on a quitté Ouessant, nos fringues ont atterri dans des sacs. Je savais pas que ma mère avait récupéré les miennes.

Sa voix est douce et prudente, il n'est pas sûr que je partage son plaisir de découvrir ces images-là. Il se trompe. Je les observe une à une. Les moutons noirs, la lande, moi endormie dans la chambre d'hôtel, un gros plan sur ma nuque, la tourbe en macro, une vue plongeante sur le village irlandais, l'enseigne du pub où Clarence et Victor se sont battus, moi de nouveau, trois plans de plus en plus rapprochés, je tiens mon portable contre mon oreille, la tête un peu penchée, les sourcils froncés.

— Il y en a d'autres, prises avant, pendant la traversée. Mais j'étais pas sûr que…

Il ne finit pas sa phrase, guette mes impressions.

— Elles sont très belles.

Il est soulagé.

— Surtout celle-là, il ose en sortant du paquet la photo de moi, endormie, une jambe hors de la couette.

Je me marre. Je n'ai plus ri depuis… depuis ce jour-là, en fait.

Alors je me dis que j'ai le droit, que je n'ai pas survécu pour vivre à moitié, même si ça ne va pas être simple. Victor va m'aider, Sam et Élise aussi, qui ont choisi le silence, et ne vont pas tarder à nous rejoindre.

Par les vitres du bow-window, je regarde monter la marée. L'eau sombre a des reflets verts, des sillons qui sont autant de dangers – courants ou bêtes féroces.

Ce qui se passe en mer reste en mer.

Et moi, je suis vivante.

REMERCIEMENTS

Merci à Madeleine et Vincent Villeminot pour leur lecture attentive et à Vincent pour la richesse des échanges au cours de nos écritures.

Merci à Marie-Cécile Brunet et François Laurent pour leurs lumières de navigateurs.

Merci à Marine Carteron pour la meilleure façon de couler un bateau.

Merci à Xavier d'Almeida avec qui travailler est décidément un plaisir, malgré son souci du réalisme proche de l'obsession.

Merci à Clémentine Defosse pour sa présence, ses relectures et ses précieux conseils (pardon pour l'absence de mégalodon...).

MARION BRUNET
ILOS
PKJ

Cet ouvrage a été composé et mis en page par PCA – 44400 Rezé

Imprimé en France par
CPI Bussière
en septembre 2025
N° d'impression : 2086713

Pocket – 92 avenue de France, 75013 PARIS

S33128/02